INK INK INK INK INK INK
INK INK INK INK INK INK INK
INK INK INK INK INK INK
INK INK INK INK INK INK INK
INK INK INK INK INK INK
INK INK INK INK INK INK INK
INK INK INK INK INK INK
INK INK INK INK INK INK INK
INK INK INK INK INK INK
INK INK INK INK INK INK INK
INK INK INK INK INK INK
INK INK INK INK INK INK INK
INK INK INK INK INK INK
INK INK INK INK INK INK INK
INK INK INK INK INK INK
INK INK INK INK INK INK INK
INK INK INK INK INK INK
INK INK INK INK INK INK INK
INK INK INK INK INK INK
INK INK INK INK INK INK INK
INK INK INK INK INK INK
INK INK INK INK INK INK INK
INK INK INK INK INK INK
INK INK INK INK INK INK INK
INK INK INK INK INK INK
INK INK INK INK INK INK INK
INK INK INK INK INK INK

INK
文學叢書
078

稍縱即逝的印象

王聰威◎著

【目次】

〈序〉如果是導讀

伊格言

聰威打電話給我，表示基於他的作品對於一般讀者來說可能較爲「難懂」，出版社方面希望他能夠提供一份「導讀」。「可是自己寫導讀實在有點奇怪啊。」聰威說。

「是啊。」我說。於是這份差事就這麼掉到我頭上來了。我告訴聰威：「那麼我看不懂的地方，就再來問你囉？」「沒關係啦，你就自己決定吧。」聰威說。

@

〈稍縱即逝的印象〉

主要事件顯然是「我」與「姊姊」之間禁忌的、亂倫的愛。關於這樣的情感，作者以某種異常的時空感來表達（那是種跨越一般時空向度的，只有他們自己才了解的物事）。試圖以文字與敘事擬造的結果是，無可名狀，姑且名之爲「稍縱即逝的印象」。而事實上，此種異常時空感的況描也出現在許多其他細節的展現中。此外值得一提的是，我還滿喜歡這篇小說裡「裝可愛」的部分，裝得還滿成功的。

〈SHANOON海洋之旅〉

這是一篇討論語言與溝通的小說；但我更有興趣的是，若將「海洋」（之廣漠深冷）視爲某種「生命中根本性的荒謬」，這篇小說的深度便更能夠呈現了。生命的本質（那種「本質性的荒謬」在小說中傾向於以「海洋」與「姊姊之死」爲象徵）往往是語言或溝通所無法企及的。我不太喜歡這個故事的結尾，但其間呈現的某種含蓄的、巨大的悲傷與孤寂，則是我相當欣賞的。

〈戰事〉

這是我比較沒有把握的一篇。我將它理解爲一種「對於傷害（之記憶）的抵抗與撤離」。說得慘烈一點，這毫無疑問就是一場「戰事」。而爲了避免某些傷痛的記憶（如關於死去的妹妹與過世的爺爺）深刻地掠奪全部思緒，人所能做的，往往只是背誦自己的病歷表，以一種理性組織、結構化、甚至異化之後的「另一個自我」來壓制那原初的自我（若需要引用理論的話，我想這或許可以引用精神分析的主體理論來談談）。這是必然的，也是悲哀的。

〈如果是傷懷〉

戀愛該怎麼談呢？如何處理與親密之人的互動呢？這可能是〈如果是傷懷〉的敘述者花了如此多篇幅來思考的問題。這麼說來似乎有點遜，甚至有點吳淡如；但在情感的競技場上，那孤寂而又令人無能為力的棒球場右外野，對於一位已經退出球場如此之久的右外野手而言，確實有不少難以索解的物事。好在藉由小說，我們至少可以得到一個甜蜜的結局。不過我還是想問聽威，眞的需要如此徹底「寓言化」地處理這個故事嗎？（笑）

〈群妖狂飆疾進的進擊〉

這是一則關於「宿命性」的優雅小品，在我看來相當具有想像力。來自一方神祕空間（那被毀滅的海洋城市）的女子找上了男主角，終究使得男主角也憶起了自己的身世——原來他也來自那座海洋城市。這一切當然發生在所有其他的可能性都被取消之後。對於兩個只想單純地愛人的人而言，這便是「宿命性」（指腹為婚！）了。一種甜蜜的宿命。我想到董啓章在《衣魚簡史》裡的一個中篇〈那看海的日子〉。唯有心地柔軟的作者才能寫出這樣浪漫的作品。

@

原本打算針對集子裡的八篇作品都寫一些，後來又覺得，還是留著幾篇不要寫吧。我和其他讀者的角色其實並沒有兩樣，借用唐諾的話，說「伴讀」想必比「導讀」還更適合些。最後我幾乎沒有再多問聽威任何事，便把這篇文字交出來了。我想多告訴讀者的是，現在大夥兒該相信我的《甕中人》是很好懂的了吧。（笑）

……輯上……

m的婚禮

我推開門，掛在門上的銅鈴響了起來。幾個站在門口的客人朝我這邊看過來，客氣地點點頭。我也稍微地點了頭，但是並沒有看到認識的人。我用眼光環繞一圈，找了張靠窗的桌子坐下來。「怎麼這麼晚，採訪不順利嗎？」m走過來說。「還好。派對辦得不錯。」我說，「不過妳怎麼沒穿禮服？」「我不想穿，那樣好奇怪。」她說，「從這裡可以看到我以前住的地方。」「看得到嗎？」我說。

昨天下午回家的時候，看見m在捷運出口站著。她朝我揮手。「怎麼來了呢？」我說。「不想上班。」m說。「明天要結婚了，不用準備嗎？」「大概都弄好了。」她說。我們回到我住的地方，她盤腿坐在沙發上。我拿了冰水給她，然後回到我的書桌前打開電腦工作。她一直喀喀喀不停地用牙齒咬杯子，我側過頭去看她，她停下喀喀喀的聲音盯著我的臉。「你明天會來吧？」m說。「傍晚有個訪問，做完就過去。」我說。她喝了口冰水說：「你可不可以煮咖啡給我喝？」我煮好了端給她，「怎麼樣？」「不夠甜。」「再加點糖吧。」「而且上頭沒有鮮奶油。」「對不起。」我說。「越甜越好喝。」m說。

「這裡的咖啡太甜了。」我說。「才不會，越甜越好喝。」m說。「如果只想喝甜的咖啡，那喝三合一的即溶咖啡就好了吧。」「對啊，我也很愛喝三合一咖啡。」「妳這麼說老闆一定會很傷心的。」我們在一家用奇怪數字當名字的咖啡館裡坐著，「但是只因爲取了個怪名字，咖啡就會變得更好喝嗎？」我說。「你好像對這家店有偏見？」m說。「就像我覺得有四萬名流浪漢盤據地下鐵的巴黎不值得一去，警察會對著無辜的墨西哥人連開二十一槍的紐約也不是人住的地方。」「你好像有點難相處……」她說。

「你看……」m斜斜地指著窗外遠處的一排房子，「底下那裡不是有一家速食店嗎？上面有個花藝教室的招牌，再上面不是有個立起來的外語學院看板嗎？就在那邊的後面。」「看得到嗎？」我說，「太遠了點。」「看板右邊不是有紅色的屋頂凸出來？」她說。我將頭靠向窗戶，同時把雙手舉起來圍住眼睛的兩側，能看見一抹暗紅色的光影。

這一天我約了m吃午餐，但她沒有來赴約。我打電話問她怎麼回事。「暈眩發作，躺在床上不能起床。」她說。「那是什麼病？」我說。「病因不明。」「該去看醫生吧？」「就是醫生說病因不明的啊。」她說，「所以不能怪我。你在那裡做什麼？」「讀John Irving的*A Widow for One Year*。」我說。不讀了便付帳離開，先到一個果汁攤子喝柳橙汁。喝完以後，我走到一家書店裡買線圈裝壓線筆記本。接著走到附近一間小型大學的圖書館，坐在狹窄的密集書庫中將找到的書讀完。讀完後特別走了很遠的路，繞到另一家連鎖書店買四百和六百字的稿紙，再從那裡走更遠的路回家——途中買了兩顆葡萄柚，並且耐心地排了隊買紅豆餅。然後我在家裡的木頭椅子上坐著。前面有張桌子，再前面有張矮凳，上面放了台電視。電視上有盆鐵線蕨和一只錶。我坐著，然後隔著桌子，看向矮凳、電視和鐵線蕨和錶。反過來說，錶和鐵線蕨的下面有電視，再下面有矮凳。越過桌子以後是椅子，上面坐了我。或者是，桌子的左邊是椅子和我，右邊是矮凳、電視、鐵線蕨、錶。但是同時桌子的右邊是椅子和我，左邊是矮凳、電視、鐵線蕨、錶。整個晚上我的腦子裡不斷地重覆思考這幾件東西的排列關係，安靜而努力地消耗自己的腦汁。

m的先生向我打招呼。我站起來說：「恭喜你。」我們握了手，「謝謝，好久不見了。剛到嗎？」「嗯，有個採訪拖了時間。」「辛苦了，多吃點東西吧。」他說。

久違的m打電話約我去市立足球場看比賽，這是我們兩年來第一次見面。「眞不敢相信。」我說。「我也不敢相信，以前我還想過要在二十四歲的時候就死掉。」m說。「妳已經二十九歲了，要這麼想也來不及了。」我說。「所以如果是活在遠古時代就好了，那差不多三十歲就會死掉了。」「要結婚了還這麼說不太好吧。」「前段日子很混亂，自己一個人過得很壞……所以也沒辦法和你聯絡。」她說，「我想靜下心來想想自己的下一步該怎麼走。

並不是特別要規畫多麼長遠的目標，或是什麼生命藍圖。並不是這樣的。有時候我只是單純的想，如果有一點點的時間，能夠想一下明天該做些什麼事情那就好了。只是明天而已喔，或者幾個小時、幾分鐘也行。我的意思不是指記在萬用手冊裡的那些事情——那些一旦做完了，就結束了啊，什麼也沒留下來。我想要的只是確認時間的變化真的與我的一舉一動相符合，就像穿著合身的衣服一樣，讓時間披被在我的身上。嗯……比方說你知道有種職業叫撿骨師嗎？他們既不直接照顧死人的身軀，像是葬儀社人員。也不直接提昇活人的利益，例如醫護人員。與宗教人士看護至高無上的靈魂也沒什麼關係。他們所處理的，就只是單純的骨頭而已。將顧客們親愛家人的骨頭和陪葬首飾從潮濕腐臭的墳墓裡撿起來，徹底地洗乾淨。然後將骨頭依照一定的形式排好，再重新擺回已經清理乾爽清涼的墓穴之中。或者也可以依家屬的選擇，實施火葬後把骨灰放進精緻穩重的骨灰罈裡，再送到一間清幽寺廟去供奉。在整個過程當中有關宗教儀式的部分，前者由道士，後者由僧侶負責，撿骨師只要擔心骨頭本身的狀況就行了。骨頭一根一根地挑選清洗，邊邊角角都細心地刷乾淨，擺回去的時候也完全依照古制，一公分也不失禮。可以做到接近藝術表演的地步。我非常喜歡需要有耐心的工作。就跟撿骨一樣，時間的流逝似乎都披被在我的身上。我喜歡需要耗去大量光陰的工作，相對來說，就好像我比別人多賺到了什麼似的。不管別人對時間的認知如何，對我來說時間有些清楚的階段性。例如活著、死亡、撿骨。村上春樹說：『死不是以生的對極，而是以其一部分存在的。』我想，如果只有談生與死的話，是可以如此哲學式的思考：某個時間包含另一個時間，然後兩者一起存在著，無法擺脫生命的完整性。但撿骨是怎麼回事？仔細想想，那好像是死後的『一個階段』。不是在檢討死的意義或追究死的原因，而是藉由第三者來重新整理確認『死的狀態』。因爲如果死掉的屍體不化成骨頭的話，反而是不祥的預兆——他可能是含冤而死的，也有可能會化爲僵屍，人們必須針對這些點作些確認。當然這只是個比喻而已……我好像有點偏執狂，但如果不把這一階段的事情想清楚，就無法進行下一件事情。在混亂的階段裡，我強迫自己變成跟以前的自己很不像的人，可以說是對周遭都充滿了惡意，只要人家想接近我，我就會生氣。但是好像只有這樣——只是對我個人來說，才能慢慢地安靜地撿洗前一段時間留下來的骨頭。現在總算是一切都歸回原位了，原來的我又可以開始過新的生活了。」

「我去幫你拿蛋糕。」m說。「謝謝。」我說。他們兩個人離開後，我去倒了杯水。

分開後我和m彼此不再聯絡。我彷彿經歷了一段漫長而且身不由己的徒步旅行：在每年第一次下大雪的清晨，當我試著要用鉗子撬開除雪機去年結凍壞掉的火星塞的時候，我就會想像：「這眞是個緩慢無比但一定好心有好報的聖職啊。如果能順利撬開來，一定是上帝降下來給附近鄰居的福音。但是我猜我一定撬不開來，所以我需要一點點靈恩派的奇蹟。」結果除雪機並沒有修好——附近的鄰居也只是會抱怨罷了，他們也修不好自己的。那麼套句穆罕默德的話：「山不來，則我們前去。」乾脆拿把鏟子先將家門口的人行道鏟一鏟總行了吧！我想鄰居們也一定這樣想，但是包括我在內都沒人這麼做——反正再過兩個小時，市政廳的清潔隊就會把路開出來了。於是大家就回歸各自的修道院，獨立地徹底鍛鍊自己的心和練習寫難辨認的花體字，到了夜間則拿著蠟燭去鬥殺關在地牢裡的畸形人。第二天一早沒有雪了，就打開銅鑄柚木大門作房地產生意。當陽光透過鍛鐵的欄杆四格四格三格三格二格二格一格一格地灑進庭院裡，大家就一起像小學生一樣盯著那些光格子數兩次，然後收起來放進壁櫥暗層裡，等到下一次沒雪的清晨再數。

m拿了蛋糕回來，一邊看著我吃一邊隨手轉動我的水杯。當她偶然將水杯端起角度三十度的一瞬間，由杯子內底看穿過去，可以看到外底浮凸的一行微小記號。

房間天花板的正中央有三組m自己改裝的小型探照燈。而環繞著探照燈的四周，則貼滿了螢光的星形貼紙。當我們躺在日式的地板上，將所有的燈關掉時，星形貼紙就像是一群打算將天花板上殘留光源完全吸收乾淨的水蛭——也許是錯覺，它們會一邊慢慢地發亮一邊膨脹起來。直到所有的光源都注入它們的身體裡，整個天花板便在我們的視界裡形成了有立體感的室內星空。然而這是一個炎熱的夏夜，在頂樓加蓋的房子裡，日式的木頭地板卻彷彿是滾燙的鋼鐵，薄被也像是因爲融解而翻捲開來的破片——而我穿著整齊的襯衫與厚重的牛仔褲。所以我沒辦法順利地睡著，即使已經是凌晨四點了，我也已經疲憊不堪了，眼睛仍然一直盯著室內的星空。m躺在我的身邊——她穿著寬大的T恤和緊身的韻律褲。她如同抗拒整個炎熱山谷的暴虐而長出來的鋸齒薄荷葉，每當我轉頭看著她，而她也看著我的時候，炎熱與不適感似乎便會在薄荷葉涼氣的驅逐之下，假裝根本沒這回事似的，故意背過身去稍稍離開我的身體。我們面對面地躺著，更加地靠近，連對方的呼吸都聞得很清楚。兩個人用額頭互相摩擦對方，嘴唇也幾乎要碰觸。但是我沒有吻她，她也沒有吻我。她只是發出輕輕的笑聲地微笑著，好像是對我說：「就是這樣，現在只可以這樣喔……」但我決定翻身過去抱住她，吻她的唇和頸子。而在她接受了我這樣子做了之後，我脫掉她的T恤，吸吮她細小的胸。忽然間她急促地呼吸，並且發出巨大的聲音。我嚇了一跳，離開她的身體。「怎麼了呢？」我說。「沒什麼啊。」m說，然後她閉上眼睛。直到天色漸漸亮的時候，光線一絲絲地從窗子滲透進來，m睜開眼，看著室內的星空。我也是。星形貼紙像是沾了鹽的水蛭，開始將光從軀體的各個孔隙裡排除出來。它們一邊慢慢地變暗一邊扁平下去，直到恢復成原來黃色貼紙的平板模樣。於是室內的星空降下。當我要離開的時候，m站在門邊送我。「你可不可以多留一會？」她說。我吻了她的唇，當作正式的訣別。

前面一段大約是個公司名稱或什麼的，我完全沒有概念。後面一段則接上了「made in Spain」。沿著圓底的邊緣呈半弧形的布置，像是接上了一段專門用來探測人類未知基因結構的深海水母螢光基因，讓這行微小記號在意義的網絡中多少可以被辨視出來。

藉由路燈，可以看見所有鐵窗緊緊地相依靠著，有些半截的鐵條漫無目的地往四周刺出去。一樓邊間的窗戶是打開的，裡面一團黑暗，像是被精靈炸彈直接射穿進去，把內部的生命一口氣融解掉。從不知名的遠處橫越而來的有線電視纜線，盤據整個天空。然後在外牆上爬滿了掙扎扭動的線路，並鑽入每一戶人家的窗口。像是在輸送某種共同的意念，母體是夜，正將關於夜的一切——月亮的銳利度、貓的語句、狗尾草的詛咒、夢的濃淡、女人的疤痕等等，輸送給不知道想索求什麼，卻拚命索求的人們。摩托車像幼狗一樣蝟集在門口，枯死的巨大盆栽也混雜在摩托車和大門之間。已經剝損嚴重的紅色鐵門非常窄，只比一個人稍微寬一點的程度。半夜輕輕打開的時候，聲音出奇地大。像是寂靜林子中突然嚼碎洋芋片般地咬緊的捕獸器，使所有的動物都感到驚愕。僥倖逃走的受害者會拖著爛肉和碎骨頭的斷腳，往林子的深處走去。但蟲們、肉食植物、肉食動物、腐食者都會嗅著血漬的味道前來，將絕望無言的動物拖住，拉扯，撕裂——在黑暗中，鮮血從粗大的破血管裡繼續湧出來。只是越野生的動物，不論遭遇任何痛苦，越是不叫——叫聲只會引來更多的獵食者罷了，於是除了一些零碎的回響之外，夜又立刻回復沉默。不過不知道爲什麼，樓梯間實在太過寬大——從建築物的外表看來並沒有那麼大的感覺，空空蕩蕩的除了灰塵以外什麼也沒有，就算並排兩輛加長型凱迪拉克也沒問題。相對的，樓梯本身又變得非常狹窄，僅僅能讓一個人側身通行而已。我和m在難得相見的夜，一前一後地走上這個樓梯間。

然而雖然西班牙是個常常提起的詞彙，也與彷彿窮的地都白了的葡萄牙有很不一樣的感覺，但是我從來沒去過那裡，到底大家對西班牙知道多少呢？

「好熱。」m說。伴隨著尖銳的蟬鳴聲，好像是在確認她說的沒錯。「要不要散散步？」她說。從m家樓下後門抬頭一望，可以看見不遠處有一角兩百公尺左右的自然小山。山下的聚落是由傳統的低矮平房組成的，地上則鋪了白色的石板。m帶我穿過這些平房，在小巷子裡繞來繞去。石板地給人安靜的感覺。無論周圍的環境如何吵雜，一進到這樣的巷子裡，那些散亂，四處飛揚的聲音，就像被熱暈的蟬一般，落到石板上。透明的羽翼和輕脆的身體，便被石板地的縫隙吸進去。「你看，那兒還有殖民時代的地藏王石像。」m說。石板路的盡頭有人用紅磚圍了個小方池，裡頭有個舊式的押水井。一位穿著花衫子的婦人剛好洗完衣服，走進房子去。「我要去洗手。」m跑過去，「有一次附近停水，大家都來這排隊提水。老婆婆雖然讓我們提她的水，不過表情看起來很無奈。聽說這井有六十年了，水卻一點也沒有減少的樣子喔。你要不要也來沖個涼？」我點點頭，跨過紅磚。m幫我押水，井水一下子嘩啦地湧出來。由石板地濺到我的腳上，沾濕了褲管。她開心地笑，然後不停地押了好幾次。水出奇的冰涼。一瞬間像切過去一樣，從手臂的一邊，直接穿透到另一邊。然後手臂又立刻回到原來的溫度，好像什麼也沒沾上似的。可是多沖了兩次以後，凡是沾到水的地方都像被凍傷了，有刺痛感。我和m都洗了臉、頭髮、手和腳，確實地驅走了暑意。她的短髮在陽光下閃耀著。這時我才發現她染了頭髮。褐色的挑染。「我希望能因和妳在一起，而與世界達成和解。」我想。

提到西班牙，總是會想到新鮮無比的紅色馬卡蓮娜的樂音是免費長出來的麥子。無敵艦隊的潰敗、唐・吉訶德、背上插滿長劍的鬥牛和畢卡索、佛朗明哥吉他、踢踏舞、印加帝國的黃金、一九九八年法國世界盃中早早被淘汰掉的足球隊、佛朗哥將軍與甩也甩不掉的內戰。

電話鈴聲沉悶地在空氣中響著。當我的頭腦稍微有點清醒時，好像依此爲一個轉折似的，忽然劇烈而尖銳地響起來。我爬起來看了鬧鐘：凌晨三點，然後走到櫃子邊接電話。「喂喂，我是m，好久不見。睡著了嗎？」m在電話那一端說。「怎麼了？妳人在哪裡？」我聽見電話中有淒厲的剎車聲。「睡不著，騎車在外面亂晃。在路邊打公共電話，月亮好大喔。」她說，「我能不能去你家？」「好啊。但是怎麼了？」「到了再跟你說。」她將電話掛掉。m來了以後什麼也沒說。她哭過而且也有點醉，一下子就跑到我的床上去，把被子拉到鼻子下面躺著。我把衣櫥上頭的睡袋拿下來，鋪在床邊。她說：「你說故事給我聽。」我像小學生一樣，乖乖地坐在床邊，用力思考要講什麼故事。「妳想聽什麼故事？」「都好。」她說。（因爲這是個水手的夜鐵路的夜爵士樂手的夜白月的夜烤芋泥的夜黑膠唱片的夜扳金的夜女伶的夜紅色敞篷的夜威士忌的夜大提琴的夜眞空管的夜汽船的夜香菸的夜打字機的夜冷凍橘子汁的夜偵探的夜硬漢的夜藍調的夜喔，所以我反覆地在心中詢問你在這麼好玩的夜裡是否前來？）

「那我說一個人類憑空消失的故事。」我說，「在五〇年代之前的英國地鐵裡就常發生這種事。因爲他們的地鐵路線實在太複雜了，像老樹根一樣盤根錯結。而且年代久遠，新舊軌道與指示標誌經常混用，行車管制人員或是司機一不小心，列車可能就會駛進百年前的地鐵軌道，還得用拖車進去拖出來。但有的情況甚至連車帶人都消失不見了，據說這是因爲有些第一次世界大戰前的舊路線曾挖穿了三次元與四次元世界的界線——許多鐵道工人因此消失無蹤。當時發現後英國政府立刻封鎖了消息，並設置路障指標避免地鐵列車通行。但是決定暫時不進行塡補，打算派出科學家與鐵道工程師調查事情的眞相。不過隨著第一次世界大戰爆發，激烈的歐戰使政府擱下了這件事。同一批工程師改成研究戰爭武器，結果英國首先發展出實用的『坦克』原型：『女王陛下陸地運輸器蜈蚣號』。」「這個名字眞酷。好像長了腳的怪車。」m說。「對啊。」我繼續說，「歐戰結束後政府忙於經濟重建，沒有時間注意此事。不久，更淒慘的第二次大戰又爆發了，舊的地鐵路線圖也毀於不列顚大轟炸中，地下鐵道消失之謎完全被人遺忘。戰後時間一久，路障指標崩壞，加上洞穴沒有塡補，原來封鎖的鐵道又顯露出來。於是地鐵司機們就開始有開進這些鐵道的情形，早期還有整車消失了好幾天才被發現怎麼不見了的例子。也有逃犯或是覺得人生沒什麼指望的人會從疾駛的地鐵跳下，或趁半夜沒有列車通行的時刻走進隧道中，想要找尋這些前往四次元世界的通道。可想而知，這些人多半都被地鐵輾得粉身碎骨。也有的被發現餓死在荒廢的老舊路線中，大概是陷在鐵道迷宮中走不出來的關係。不過，真的完全找不到的例子也不少。二次大戰不列顛大轟炸的時期，有些躲到地鐵涵管的民眾就曾經親眼目睹往鐵道對側走不到三公尺的親人，忽然憑空消失的情形。據說這些情形還上了戰後的《大泰晤士區復員公報》尋人欄。但是地鐵消失事件恰好都發生在從第一次世界大戰到五〇年代前，而這個時期歐洲各地社會都是狀況混亂，經濟困頓。所以我猜這可能是民眾用來掩飾各種死亡、謀殺、逃兵、人口失蹤的理由，或者根本是英國政府拿來當作地鐵工程失事以及地鐵交通事故的藉口吧。」故事說完了，但她沒有反應。

「走了。

一枚硬幣換來一夜倫敦火車消失的夢。

鐵軌反響的聲音，迴擊隧道的深處。

抑制天真浪漫的，探究。

記得幫我問候安全的事物。」m的留言。

但仍然是知道的很少……任何一個南方村落的名字都不記得？楔形柵欄內種的是什麼花？馬鈴薯燉湯裡的祕密調味料？叉子通常放在那一層抽屜？那個花衣裳的女人想要怎麼過

耶誕節？水滲透的速度？受歡迎的原子筆品牌？安排值日生的方式？人們對左撇子的意見？嬷嬷怎麼度過哀愁美麗的少女時代？

傍晚六點半時，我到了應徵工作的辦公室，有人請我隨便找個位子坐一下。我注意到我坐的座位：正對著我的是一張加了框的Theo Angelopoulos *Landscape in the Mist* 的海報，遠遠高過了辦公桌隔板。右側的隔板釘滿了巴黎、復活島、吳哥窟、日本各地拍回來的風景照片、旅遊明信片、紙鈔、DM、入場劵以及幾張鉛筆素描作品。桌子上擺了台蘋果綠的MAC電腦、疊得像金字塔的白色幻燈片盒、一個塞得快爆炸的筆筒、一個米羅馬克杯、一排美術設計的書。辦公桌下則橫放了一組畫架。雖然到處塞滿東西，辦公桌也只剩下不到八開畫紙的空間，可是不曉得爲什麼整體看起來，有一種一切的事物都在該在的地方的感覺。仔細看的話，會發現每一件東西的邊角都確實地與旁邊的東西切齊，相同的切面也都一致地朝向某個方向。而且桌上一點灰塵也沒有，嚴格來說，還給人一點潔癖的不安感。好像不小心從哪裡抽掉一件的話，整個小星球就會失去生態平衡，環境結構就會崩潰掉。我猜坐這個位置的大概是個會讓人頭痛的人。「Hello。」m說。「對不起。」我站起來。「沒關係，我拿個東西而已。你是來應徵的？」她嘩啦啦地從一排文件裡抽出一大疊稿子，弄亂了原本的擺置。可是當她用手背輕輕推了兩下，所有東西又像是微風吹過大草原般，奇蹟似地恢復原狀。「嗯。」我說。「從哪裡來的？」我說了個地名。「那裡我去過兩次。一次是小學畢業旅行，一次是去找高中同學。」她說，「不過好像都在飯店附近玩。下次有機會去，再好好玩一玩。」「是啊。」「該走了，下次見。」m說。

在以奇怪數字爲名字的咖啡館，我們玩著塡字遊戲。m說：「那我們試試看爲眾多的時間安排未來的出路吧……比方說，放逐。」「流浪。」我說。「離家出走。」「失蹤。」「請假。」「發配邊疆。」「隱匿。」「參加十字軍東征。」「環遊世界。」「破門。」「不假外出。」「關禁閉。」「遷徙。」「叛逃。」「外宿。」「私奔。」「逾假未歸。」「充軍。」「戶外教學。」「坐牢。」「幽會。」「游牧。」「隨『上帝之鞭』阿提拉攻打巴黎。」「得自閉症。」「唉喲喂呀，照這樣塡下去，有的時間的出路未免太可憐了。我們該給人家好一點的歸宿吧。」m笑著說，「不過整個來說，他們倒是有了很豐富的人生……」

杯裡的水輕輕地搖晃著波動著，光影粼巡在那小小的透明空間，散發冷冽的迷人氣息。那一瞬間想起妳。是傾向妳的——縱使有許多事情並不了解或假裝已經有些了解了。「傾向妳」無法說是完全成爲哪個某種確定完整的狀態，但終歸是傾向妳的。無論如何蜿蜒交錯，的確是傾向傾向妳的。

戰事

有一天，長久以來的激烈戰事呈現僵局。雙方隔著一處終年瀰漫濃冽霧氣而難以偵察的運河挖掘深壕對峙，盲目地相互投射各式飛彈砲火。

每日自凌晨開啓的砲擊到了中午時分會稍微停息。我們散坐在陣地的高處呼吸新鮮空氣，撿拾石頭打水漂，聆聽霧中傳來水漂咻嘶地裂空飛行、水花濺越與漩渦擴散的交響聲音爲樂。

幻想水漂最終將跳上彼岸，剛好砸破正在大便的敵人將軍的腦袋。

伙房工從右方交通壕的轉角處出現送來午餐，最近總是一鍋撒上初春樹芽的冷硬白粥、一大條醬油蔭瓜和幾塊烙餅。

我吃完之後躲到木頭與水泥構成的掩蔽部底睡覺。

不久聽見一連串榴彈砲全線轟炸的聲音。

一枚砲彈擊中壕溝前方將一窩鼴鼠炸向空中，然後混合黃土掉落壕溝，滾到我的身上……我聞到糞尿融合腐敗水果的香味。

我把死鼴鼠捉起來往外扔，盡可能地緊閉太過敏感的官能繼續睡。

但士兵們慌張地跳下壕溝以馬克沁重機槍和小口徑槍砲回擊，燦爛交織的火光滲入我的眼角迫使我不得不醒來。

當彼此駁火結束，傳令兵來找我。

「連長請排長去巡一下各個陣地的狀況。」他說。

我點點頭拿了背包離開掩蔽部，朝左方的交通壕走去。

前進約七百公尺，繞過第一處彎道，走下五步的小階梯，我來到被暱稱爲「水藍色夜燈」的陣地。

我抵達時夜色已深，夏日星空如洗。

一位班長引領我檢查完陣地後堅持要請我吃點宵夜，他端來冰紅茶與橘子威化餅干。

「我的手藝還不錯吧！當兵前我可是在觀光飯店當西點主廚的噢。」班長說。

「我還記得噢，飯店還在這的時候，我最喜歡從二樓的MINGUS'S酒吧朝運河眺望。」

他用手指了指我後方的天空，「二樓一整層都是地中海式落地窗，每天下班前我習慣坐在窗旁喝一杯。」

「以前沒那麼濃的霧氣……」過去如同現在夜晚十點多的時刻，運河兩岸的水藍色夜燈仍然亮著，賣水果和烤餅的小攤子也還在營業。幾個年輕女孩子頭上裹著毛線帽，腳底踩著拖鞋從飯店小碎步地跑出來，一直跑到烤餅攤子的前面。儘管早就超過九點鐘正常的收班時刻，還是有少數載著觀光客，船首桅杆懸掛復古燈具的運河小艇剛要靠岸。船夫一等船身碰觸到岸旁的輪胎，便輕快地跳上碼頭，將前後兩端的纜繩繫在木頭柱子上。等客人付了錢離開他就把掛燈關掉，沿著岸邊走到左側的巷子去。

「這是陣地名字的由來嗎？」我問。

「噢，這倒不是啦。」班長笑著搖搖頭，「長官您往那邊看……」

運河爲一片濃霧籠罩，什麼也看不見。

「您瞧，那邊不是有排藍色光影嗎？」

雖然不確定，但也許有那麼一點吧。

「死人全埋在爛灘底下，時間久了就成一排燈了。」班長忽然起身，「唉呀，我得去查哨了，下回您來我烤個可頌請您。」

我向他道謝，離開水藍色夜燈。

直走一百公尺，交通壕從紅磚與石板路變成了普通的白灰色地面。我穿過一片高大的針葉林，登上一座數百公尺的小山。

秋季乾燥的空氣令我的鼻子不舒服，鼻水淌滿了上唇。

山頂有座充任對空監視哨的小碉堡，我喊了聲口令，一個年輕士兵從門縫探出頭來看我。

「有什麼事嗎？長官。」他說。

「只是來巡巡。」我說。

他打開門，向我敬了個禮，「長官對不起，我忍不住注意到你的嘴巴都是鼻涕。」

小碉堡有兩坪大，四面密封，只有一側的牆上有個八開大的通風口。裡頭有兩張行軍床，中間垂了片布簾子。

我用手抹掉鼻涕。

「長官請在督導紀錄簿簽名。」

我想起妹妹，她叫印花裙。

印象中她老是嘟著嘴，好像無時無刻都在氣我。

她在戰爭中死了。

「另一個人去尿尿。」

彷彿懷抱著專門發散憂愁的暖爐，一點也不管什麼春夏秋冬，就是要熱烘烘地過日子。

「幹嘛那麼生氣啊！」我說。

「還不都是你害的。」印花裙說。

有一天我借了腳踏車載印花裙到山中的小學去郊遊。

原本很快樂，可是不曉得爲什麼她忽然間生起氣來不說話，連空氣也彆扭的像是被壓扁的鋁罐。

在回家的路上經過一家園藝鋪子，我們走進彎繞的小路逛了一圈。

她買了棵薄荷、一個陶盆和一只玻璃噴水瓶。

「環境還不錯，就是砲擊時躲碉堡太悶了。」

印花裙仔細地照顧那棵薄荷，好像還替它取了個怪名字。

其實薄荷不太需要照顧，曬一點點太陽，手指頭壓壓土，覺得土乾掉了再澆水就行了。

可是印花裙沒事便抱它去曬太陽，土稍微乾了，就趕緊拿發亮的玻璃噴水瓶裝逆滲透水，嘶嘶嘶地一古腦往薄荷葉噴。

另外還塡了不少肥料到根部去，我想那薄荷也一定嘟著嘴，感到非常委屈吧。

「老實說我和他不怎麼合得來，這幾年兩個人一句話也沒講過，不過我不在乎。但話可以不講，眼睛可以不看，耳朵可以塞住，味道卻不聞不行。」

沒想到那棵薄荷居然長得滿好的。

原本相當扁矮的枝葉一口氣抽高了十幾公分，新的寬大鋸齒狀葉子也長出來，覆蓋住整個盆子。

擺在書桌上，濃烈的味道逼得家裡的貓不敢靠近房間。

「比方說，即使在黑暗中我塞住耳朵睡覺，還是能聞到他自慰射精的荔枝味道。長官你一定知道精液的味道反應了一個男人的身體狀況，但是不僅如此噢……在這個緊閉悶烤的碉堡裡，味道的濃度會放大好幾百倍，連帶他的情緒、思想、人格特質也會從精子的深處蒸發出來。」

時間幾乎是同步的，印花裙的心情也日漸開朗起來。

到底是日漸開朗的印花裙讓薄荷心有同感而高高興興地長大，還是長大的薄荷鼓舞了印花裙，或是兩者一點關係也沒有，我並不知道。

但那薄荷的確在我和她的心中延伸枝幹，穿入迴繞的煩鬱神經。並開展銳利的葉子嵌入肌體，將濃郁的清涼感灌飽全身每一個孔隙。

「當我聞到苦澀，不是那麼滑順的荔枝味時，我知道他今天心情一定有點不好。當我聞到漂白水似的刺鼻嗆味時，便表示他性幻想的對象不是他老婆，八成是山下的妓女……但我並不想知道這些啊！他是什麼樣的人跟我一點關係也沒有。一旦知道了就沒完沒了，總是因爲聞到味道而想起他的事情。」

印花裙用那棵薄荷提煉了薄荷糖給我，鼻炎發作時抵住上頜，對舒解症狀非常有效。

「你去當兵以後，我每個月寄一盒給你。一直流鼻涕大家會討厭你，不跟你當朋友。」

印花裙開口說。

「最糟的是我不能對他說：『喂，老是用別的女人性幻想不好吧。你老婆來勞軍時你不是說你只想她一個人嗎？』假如他說謊，我也成爲謊言的幫兇，因爲我無法說出口，戳破他的謊言。但我如果說出口，就會被認爲是一個偷窺者。」

我簽好督導紀錄簿朝山下走。漫步經過落英繽紛的山徑壕溝，於十二月十日抵達比爾德莫爾（Beardmore）冰川的邊緣。此地有個屬於海軍部精銳「皇帝陛下陸戰偵搜隊」的對蹠地（Antichtone）營區——他們的任務是探勘一條經海路穿越對蹠地直達彼岸的安全通道，以便未來能將人民送往那一處洋溢溫暖詩意的地域。

偵搜隊隊長爲帝國英雄小早川秀秋海軍上校，他正在不遠處眺望這座兩百公里長，二十三公里寬，可以一直延伸到兩千公尺高的對蹠地高原的平緩斜坡。它正泛著不同色調的晶瑩藍光，鋼甲般堅硬光滑的表面如微微起伏的海浪。小早川隊長是個具備簡單直接信仰的人，認爲只要呼喊帝國國王愛德華七世與耶穌基督的聖名，這世界就沒有任何的障礙能阻擋他前進的航路。

迎接我的是騎兵上尉泰特斯・奧茲（Titus Oates），他領我到營區休息，我好奇地詢問他們的進展如何。

六月到十月間，小早川隊長的座艦「新地號」在海拔三千七百四十三公尺的羅斯島（Island Ross）埃里伯斯火山（Erebus）山腳下過冬。這是座壯觀的活火山，整座火山均被冰雪覆蓋，發射出冷冽蒼荒的幽靜藍光。但山頂依然冒著火焰與煙霧，形成了冰上之火的煉獄景象。他們不時地碰上激烈的火山運動：首先傳來的隆隆岩漿爆炸聲會使得新地號粗壯的主桅桿和帆具抖動不已。接著，羅斯島側緣如大不列顛島寬廣，如中國長城高聳，如海盜寬刀犀利的冰崖與共生冰柱——只要稍微擦撞，任何船隻都將像麵粉般地粉碎——也由深深插入海面下的部位逐步向上崩塌，直到掀起兩百公尺高的巨浪。新地號總是一下子被抬高越過冰崖的頂端，然後重重地落下。等到可見的海潮平息，中淺層的渦流便開始搬運巨大的浮冰群向新地號擠壓，在船體兩側形成對空放射狀的尖銳冰丘，足以遮蔽瞭望台上大半的天際。若不考慮它們就像鯊魚的利牙能輕易咬碎獵物似地扯爛新地號，這些在陽光下反映柔和七彩光芒的琉璃寶塔，無疑是人間最祥和慈善的景象。

夏季十月初，小早川秀秋隊登陸對蹠地。儘管天候不佳，一行人飽受飢餓和寒冷的侵襲，但仍能保持平均每日前進二十三公里的速度，順利抵達比爾德莫爾冰川。

「今天是我們登陸以來難得的好天氣。」奧茲上尉說。

此時我的無線電傳來淒厲的呼號。

「排長，要跟你報告一個消息，OVER。」

「怎麼了？敵人衝鋒了嗎？OVER。」

「不，是一位孟德爾頌中校去世了，你認識他吧？OVER。」

我剛抵達運河前線時在一個補充營當見習官。那裡有個專門收容傷殘待退老兵的野戰醫務所與醫事用壕溝區。

有位五十來歲的孟德爾頌中校和我很要好。他人長得很好看，身材瘦長肌肉結實，可惜挺了個大肚子。大概是因爲他很愛吃，嘴巴老是離不開饅頭番薯和淋了醬油的豆腐渣拌飯。

幾乎所有住醫事壕的老兵都會或借或偷一點軍用資材，以便在兩公尺深的地底蓋間屬於自己的小房間。孟德爾頌中校也不例外。如此搭建的房間，差不多都像是堆滿破爛的乞丐寮，然而孟德爾頌中校的房間比起別人來既堅固又漂亮，彷彿是森林公園的度假小屋。更特別的，他房間的東西永遠擺得整整齊齊，像是用工程尺丈量過。而且也沒半點灰塵，連天花板和牆角都沒有一絲絲的蜘蛛網。也許實在是太乾淨了，就算是敢直接闖入醫務所吃病人的野狗群，也不敢靠近孟德爾頌中校的房間。

後來我奉調現職，臨行前去向他道別。

孟德爾頌中校笑著對我說：「我聽說了，我會爲你祝福，保證你平安退伍。」

「眞是個樂觀的人。」奧茲上尉說。

我正等待連部派飛的大力神運輸機載我去補充營。孟德爾頌中校的遺書內聲明將所有的遺物都留給我，我得去把東西領走。

「不過也許眞是託了他的福，打了這麼久的仗，我連切傷手指頭也沒有。」我說。

清晨時飛機降落補充營機場，我散步到孟德爾頌中校住的醫事壕。

孟德爾頌中校的屍體被放在壕溝入口處。他面無表情，一臉慘白，說不上有什麼特別的。我記得小時候爺爺去世時，看來差不多就那副模樣。

屍體旁有幾個軍人正在討論孟德爾頌中校的死因。

「肚子怎麼扁成那德性？」

「之前不是又脹又硬的嗎？」

「聽說還七孔流血不是嗎？」

「喂！醫官，到底看出玩意兒沒！」

「不曉得……中校沒來看過病。年前來做健康檢查，也沒什麼問題……」

「該不會長瘤吧？不是前一天還好好的嗎？」

「聽其他老長官說的樣子，也許是……」

「什麼也許不也許，你是混飯吃的嘛！給我查，查不出來別來見我。」

「喂！你幹嘛的！」一位少校衝著我叫。我說明來意，他叫我進房間去把東西拿一拿簽名走人。

其實沒什麼好拿的了，孟德爾頌中校的房間看來就像是剛被維京海盜徹底洗劫過的南歐小村一樣；樑柱塌陷，到處都是灰塵與落石，蜘蛛已經在天花板張結八卦網捕食黑壓壓的蒼蠅。可用的東西全被偷走，幾條野狗正在吃剩下的馬肉罐頭和番薯泥。所幸孟德爾頌中校用來藏昂貴物品的小角落並沒有被發現，我找到幾張照片、保險單、一捆現金、存款簿、印鑑和一個香菸盒大的木盒子。

但是等我走回機場卻發現大力神運輸機接到緊急任務飛走了，於是我只好走到機場外，設法找到一輛正要前往對蹠地的小卡車。

我坐在車斗，將孟德爾頌中校的遺物拿出來。照片中有幾個陌生的軍人。錢的方面包括現金、定期存款、保險在內，是筆能讓他孤家寡人活三輩子的金額。最後我打開小木盒，一陣濃烈的花香撲鼻。裡頭擺了個紅色鎏金香包，盒底則襯墊金銀線交織的寶藍色綢緞，可惜有一大片蟲蛀的破洞。我將香包放在手上捏了捏，比想像中沉重，好像包了個小元寶在裡面。放在鼻子前聞，除了花香外還能聞到一點點乾澀的香灰味道。或許是哪位情人送他的護身符吧……我想。

小卡車於春天新生綠苗的牧草平原暢快地奔行，太陽微烤過的野生柑橘甜香，與荷蘭牛乳的濃郁味道伴隨強風灌進車篷中。

我微笑地入睡，夢見了孟德爾頌中校。

他鼓著肚子，臉色蒼白地站在遠處。

他朝我笑，我也衝他笑。

他向我走過來，我看見他的肚子硬挺的不像話，像顆籃球似的。

肚子上還浮著一團白霧狀的東西，但是既不繼續擴大，也不縮小。

他走近離我不到半公尺的地方停下來，然後低下頭看著自己的肚子。

我也被他的動作吸引著，探頭看向他的肚子。忽然之間，那團白霧居然撲向我的臉來，往我的五官鑽進去。

維克多什克洛夫斯基排長吃了一驚，手腳猛力抽動將車斗撞出聲音來，也把自己給弄醒了。

維克多什克洛夫斯基朝車篷外一看，發現車子停在一個小鎮的街道上。

「長官，對不起。」開車的士兵轉頭對他說：「我迷路了，但我也不想去對蹠地了。我打算回家去，所以沒辦法載你了。你沒事吧，你的臉色很蒼白噢……」

維克多什克洛夫斯基下了車，「只是作了個奇怪的夢罷了，讓人心情不好。」他說。但夢的內容是什麼呢？維克多什克洛夫斯基想不起來，「老是這樣，作過的夢一下就忘記了。」

維克多什克洛夫斯基站在街頭張望了幾分鐘，沒看見一個能問路的人。他想今天大概攔不到往對蹠地的車子了，不如找間旅舍過夜。但他沿著街道尋找了一陣子，並沒有找到任何一間旅舍。好不容易在街角遇見了一個男人，男人說：「啊，很抱歉，鎮上沒有旅舍耶。你可以去住圖書館，就在對街那邊。來，鑰匙給你。」

雖然是間小小的圖書館，但書籍的數量不少，桌椅、沙發、飲水機、廁所、影印機、微捲機、翻拍架、照明設施也一應俱全。

維克多什克洛夫斯基坐在桌子前，「難得今晚有空，寫寫工作日誌好了。」他想。

然而就跟那個一下子便忘掉的夢一樣，他盡力回憶今晨在醫事壕領取孟德爾頌中校遺物時的情景，但能順利組合起來的完整片段幾乎沒有。在他腦中浮現的，都是一些支離破碎，像是被螞蟻啃蝕過的餅干碎屑般的記憶。

「不過至少……」維克多什克洛夫斯基一邊自言自語，一邊在「本日工作摘要／詳記備查」頁的第一行填上「清晨時大力神運輸機降落補充營機場，我散步到孟德爾頌中校住的醫事壕。」接下來，他想起他看見了孟德爾頌中校躺在壕溝入口處……於是在第二行寫上「孟德爾頌中校的遺體被置於壕溝入口處。他面無表情，一臉慘白，說不上有什麼特別的……」

「然後呢？」維克多什克洛夫斯基沒什麼頭緒，只好一直盯著前排的書架看。

在他的眼前有本又薄又舊的繪本，書名是《爺爺在醫院》。他好奇地將書拿出來讀。

爺爺生病了。

爺爺住在醫院。

今天媽媽帶我去看爺爺。

「爺爺……爺爺……」我輕輕的說。

媽媽說：「別吵爺爺，爺爺在睡覺。」

我有點難過。

回家以後，我發現爺爺種在花園的小樹葉子都變成黃色的了。

「爲什麼小樹葉子都變成黃色的了呢？」我說。

「唉呀，這幾天忘了澆水，小樹枯死了。」媽媽說。

媽媽把小樹從盆子挖出來，用剪刀剪成碎碎的，再把它埋到別的花盆。

媽媽說：「小樹雖然枯死了，可是可以當肥料，讓別的花開得更漂亮。」

我點點頭。

剛要走進大門的時候，爸爸推著摩托車回來。

「怎麼了？」媽媽說。

「摩托車壞掉，不能修理了。」爸爸說。

爸爸打電話請人來把摩托車牽走。

爸爸說：「摩托車雖然壞掉不能騎了，但是要請人收回垃圾場，不能亂丟污染環境。」

我點點頭。

第二天早上，媽媽騎腳踏車載我去超級市場，路上躺著一隻流血的小貓。

「那是什麼？好恐怖噢。」我說。

「小貓過馬路不小心，被車車撞死了。」媽媽說。

「好可憐噢。」我說。

腳踏車喀啦喀啦地跑過去。

媽媽說：「阿彌陀佛，希望小貓早點投胎，下輩子能有好人家照顧她。」

「阿彌陀佛。」我跟著媽媽說。

晚上吃完飯，我拉著爸爸一起看金魚缸裡的金魚。

可是大胖魚肚子朝天，浮在水上。

「大胖魚怎麼了，爲什麼不像別人游來游去的？」我問爸爸說。

「大胖魚吃太多東西，撐死了。」爸爸說。

「我不要大胖魚死掉，我要大胖魚游來游去陪我玩。」我說。

我用手拍金魚缸。

爸爸把大胖魚撈起來，用報紙包好，放進垃圾筒。

爸爸說：「不要哭了，維奇記得大胖魚游來游去的模樣，大胖魚也會記得維奇的大臉蛋。」

我一直掉眼淚。

爸爸爲了安慰我，帶我到公園散散步。

巷口有人搭了棚子，正在辦喪事。

「爸爸你看，有間紙房子和好多小紙人噢。那是做什麼的？」我說。

「那叫糊紙厝，是要用來燒給去世的人的。」爸爸說。

「燒給他們幹什麼？」我問。

「讓去世的人在天堂有房子住，還有人陪他們聊天呀。」爸爸說。

「他們收得到嗎？」

「只要是眞心誠意，去世的人雖然不和我們住一起了，但還是能收到我們的關心噢。」

爸爸說。

我點點頭。

隔天，在醫院的爺爺去世了。

媽媽哭了，爸爸哭了。

我也有哭。

爺爺不能再帶我去公園玩，也不會再買巧克力給我。

但是，爺爺已經教好爸爸和媽媽怎麼照顧我。

爺爺會乖乖地待在天堂，不會亂跑。

阿彌陀佛，爺爺下輩子還要當我的爺爺。

我會永遠記得爺爺的樣子。

爺爺說：「爺爺收到維奇的祝福了，爺爺會保佑維奇平安長大。」

「主角的名字居然跟我的小名一樣……」維克多什克洛夫斯基覺得故事的內容很親切，

「氣氛也還不錯，可惜畫的不是很好，細節和配色都有點潦草。」

「算了，不寫了。先睡好了。」他把《爺爺在醫院》歸架，躺到沙發上。

維克多什克洛夫斯基被輕微的腳步聲吵醒。

他起身一看，昨天那個給他圖書館鑰匙的男人正在整理書報架，他向男人敬禮致意。

我向維克多什克洛夫斯基點頭回禮後，回到流通櫃台讀我自己的書。

冬日早晨的陽光透過毛玻璃，無力地垂落在磨石子地上。

維克多什克洛夫斯基在書架間安靜地走動，但偶爾會拉動鋁椅發出零碎尖銳的聲響，或是不小心把硬殼書敲擊到鋁製的書架。那樣的一瞬間，圖書館內挑高寬敞而且具有強大壓迫力的寂靜空間，彷彿一下子變成一張脆弱的乾枯葉子，轟然地龜裂了。

「原來你是圖書館的管理員。」維克多什克洛夫斯基走近櫃檯說，「謝謝你昨天讓我在這過夜。」

「你太客氣了。」我說。

「我喜歡這個圖書館，覺得好舒服。到處乾乾淨淨的一點灰塵都沒有，還能聞到紙張和木頭的香味。書也排得整整齊齊，好像用尺量出來似的。」

「謝謝。」

「不過我發現一件很奇怪的事情。」維克多什克洛夫斯基苦笑地說，「你們的書好像都沒有編碼，這樣不是很難使用嗎？」

「不會啦。」我笑著說，「不然你可以試試看啊，想看什麼隨手都能找到噢。」

維克多什克洛夫斯基有點懊惱，「明明就會啊，幹嘛死不承認。對了……」他挑釁地說，「你們有本叫《爺爺在醫院》的書嗎？聽說好像還不錯噢。」

「是啊，這書不錯呢，可惜最後爺爺死了。」我說，「瞧，不就在這嘛……」

維克多什克洛夫斯基看見《爺爺在醫院》就擺在流通櫃檯上。

「你眞是個細心勤快的管理員。」他說，「是不是我放回去時歸錯位了？不好意思。」

「謝謝你的讚美。」我說。

維克多什克洛夫斯基再次向我道謝後走出圖書館，他急著找輛能載他前往對蹠地的車子。

「唉……不曉得奧茲上尉他們現在怎麼了？該不會已經出發了吧？」維克多什克洛夫斯基一邊想，一邊跑步越過對街的轉角。

他一繞過轉角便看見了對蹠地營區。

小早川秀秋隊長起床後發現雪盲的老問題並沒有改善。這只能怪他自己昨天貪戀比爾德莫爾冰川的美景，放任眼睛暴露在太陽光下過久。雪盲實在太折磨人了，眼珠像是被無數的小蟲囓咬，注射灼燙的毒液。爲了減輕痛苦，他服用大量的古柯鹼。但古柯鹼的功用僅是讓眼睛稍微不痛而已，無法解決光學的症狀。最壞的時刻他會失去掌握空間的能力：塑造深度感的陰影全都被驅逐到太陽的背面，天空的雲、巨大的冰磧岩、寬廣的雪地、腳下的冰縫和遠處的地平線似乎全都貼在同一片宇宙白幕上。這種時候，他只有盯著前方導航隊員的背影所形成的灰色小點前進，才不致於在白幕內迷失了方向。

與昨日晴朗的天氣完全相反，今晨強勁的南南東風挾雜著足以削斷手指頭的冰屑與尖哨聲掩襲了整個對蹠地，氣溫也由零下二十度一口氣降到零下四十五度。

「奧茲上尉報告，全隊整裝完畢待命出發。」

「你來的正好，馬的狀況怎麼樣？」小早川隊長問。

「非常壞，長官。」奧茲上尉說，「牠們沒法再走下去了。」

身為騎兵軍官的奧茲上尉負責照顧拖雪橇的西伯利亞矮種馬。這種小馬的好處是相當能吃苦耐寒，可以拖曳八百公斤的重物。壞處則是牠們體重過重，在雪地跋涉時經常陷到深雪內骨折。而且由於牠們是依賴皮膚排汗，如果遭遇溫度遽降的暴風雪，汗水會一瞬間在皮膚表面結凍，使得後續的汗水無法排出造成馬匹體溫驟升猝死。

奧茲上尉說：「要殺掉嗎？」

「那就殺吧。」小早川隊長揮揮手說。

奧茲上尉敬完禮，拿了把步槍走到馬群內，就在附近的維克多什克洛夫斯基走過去幫他拉住馬轡頭。奧茲上尉將槍口抵住馬的後腦準備開槍，但他的手套太厚了，手指沒辦法搆到步槍的扳機，只好先把手套脫下來，忍耐著手指凍裂和冰屑切割的痛苦，艱難地扣下扳機。

全部的馬都殺光後，奧茲上尉用眼神向維克多什克洛夫斯基示意：「歡迎你歸隊。」維克多什克洛夫斯基想：「嗯，那麼我就跟他們走一程，再到下一個陣地去吧。」

我對維克多什克洛夫斯基的決定感到憂心，我知道此趟旅程的厄運只是剛剛開始而已。

我走到他的身邊。他看到我有點訝異，「你怎麼也來了呢？」

「還是別去吧。」我說，「很危險的。」

維克多什克洛夫斯基搖搖頭，他說：「你快回去吧，我可是帝國的軍官，怎麼可能因爲害怕危險而退縮呢？」

我說：「你不明白，你可以不用淌這趟渾水的，只要別想就行了……」

他轉身不再理我，加入了正要攀登比爾德莫爾冰川的偵搜隊。

「我們會遇上這場災難，不是由於組織上有缺陷或不夠完善，而是由於我們這一路冒險，運氣實在太不好。」小早川隊長在沿途的日記裡寫著。

一切顯得如此緩慢，彷彿時間的航道被暴風雪封阻於對蹠地之外，不得與他們相見。所有人的身心耐力都逐漸被對蹠地無窮無盡的白給吸乾——對蹠地似乎仗著自己是全世界最寂寞的人而爲所欲爲。一旦她降尊紆貴地接近眾人的身邊，好像所有人都非得跪下來，並且將快樂與悲傷全部交付給她不可。

「一、小馬猝死，以致延遲了出發的時間。而且我不得不減少起初預定要攜帶的食物。」

偵搜隊在狂風暴雪中花了十一天越過比爾德莫爾冰川。因爲壞血病而筋疲力竭的奧茲上尉在橫越一處雪橋時，連著裝載大量食物和帳篷的履帶機動雪橇一起掉進冰川的裂隙。

「二、天氣太壞，特別是我們在83度S遇上風暴，爲時頗長，延誤了我們的行程。」

一月九日偵搜隊抵達88.23度S紮營，距離運河僅剩下一百五十五公里。但由於高原颶風的侵襲，全隊已經受困在這一個點上四天。小早川隊長宣布任務中止，原地等待救援。

「三、在冰川的下游地區，雪很軟，一不小心就會陷下去，更減慢了我們前進的速度。」

主帳篷的一角，一個士兵正在截收各個無線電頻道通訊，設法搜尋救援的消息。

『黑衛兵，我正轉到080準備發射魚雷。』

維克多什克洛夫斯基躺在睡袋內，他得了壞疽。他的手腳指頭凍裂，表皮發黑外翻露出紅肉，二十片指甲全部脫落。鼻子、下巴、眉頭和雙頰都因爲凍瘡腐爛，血水與膿泡一湧出來便立刻緊緊地堆疊凍結在臉上無法割除。他的臉部肌肉因此大都壞死，使他一整個星期沒辦法閉上眼睛和張嘴。

『深信天意歸我，希全軍出擊。』

「喝點馬肉湯，我幫你加了威士忌。」小早川隊長坐在維克多什克洛夫斯基的身旁說，

「我記得今天是你二十二歲的生日，對吧。這可能是最後的熱湯了……鍋爐的油管昨晚凍裂，燃油差不多都漏光了。在救援隊來之前大概都沒熱食可吃，所以你多少得喝一點。」

『可識別！魚雷機70南南西171、電子反制機12南南西98。』

維克多什克洛夫斯基一動也不動，他想：「原來今天是我的生日啊。住在西城的媽媽不知道睡著了沒。我可不希望她擔心我。現在的我多想把眼睛閉起來睡個好覺啊……媽媽要是知道了，一定會笑我說小時候我可不是那麼愛睡覺的人呢！」

小孩不想聽見晚安。

所以決定把所有的晚安捉起來。

「……沒有遇到一天真正的好天氣。加上奧茲病了，真是雪上加霜，情況變得非常糟糕。」

但是晚安都躲藏在哪呢？

『相對主義號、著眼點號沉沒，第三驅逐隊立即轉向北北西45.323。』

晚安躲在棉被裡。

每次媽媽幫小孩蓋被子，晚安就會跑出來。

「我們竟又逢上一個早來的冬季，不幸啊！」

晚安藏在床邊的小鬧鐘裡。

每到九點半時，晚安就會跳出來。

『距離一萬三千碼。目標速率二十五節。』

今天媽媽要唸的故事書裡也躲著晚安。

每次媽媽一闔上故事書碰的一聲，晚安就會溜出來。

『旋轉一號座至相對方位110。』

還有個晚安藏在小孩的臉上。

只有媽媽親小孩的臉時，這個晚安才會害羞地出現。

「沒有人能預料到，我們在這段時期曾遇上的氣溫這麼低，而降雪又多的可怕。」

就連床頭燈裡也有晚安。

每次媽媽一把開關切掉發出喀的一聲，晚安就從亮的地方衝到暗的地方。

『不了解棕馬，請複述。請轉09頻道。』

「在冰棚上，緯度82°，我們通常要忍受白天零下34°，夜間零下44°的低溫；行進中還會不斷遇上逆風。」

小孩把晚安們和放彈珠的玻璃罐關在一起，緊緊地抱在胸前。

『我正在計畫一次反擊，需要老鷹，請放出老鷹。』

媽媽坐在床邊把故事書打開來。

一直讀到了九點半，她看了看床邊的小鬧鐘。

「咦？九點半了，我是不是該說一句什麼話了？」

『二號座，右電羅經角度二十五度，發射管偏差二點五度。間隔三秒。距離一萬碼。』

媽媽把故事書闔起來發出碰的一聲。

「咦？聽到這個聲音，我是不是該說一句什麼話了？」

『小早川隊聽到了嗎？』

「維克多什克洛夫斯基，是我。」

維克多什克洛夫斯基瞪著我：「你怎麼會在這？」

「我是來勸你離開對蹠地的。」

「怎麼可能呢？難道你看不出來，我已經快死了。而且我還拖累了整個隊伍的行進，眞是抱歉啊。」

「唉呀，應該抱歉的是我。」我說，「我應該早點跟你說清楚的。」

「到底是什麼事呢？你說吧……」

「老實說，我是蟲。」

『求救求救……必須撤退，必須撤退……啊……啊……』

媽媽幫小孩蓋好棉被。

「咦？摸到這柔軟的感覺，我是不是該說一句什麼話了？」

「如果不是另一個同伴維克多什克洛夫斯基病了，如果不是收藏在庫房裡的燃料莫名其妙減少了，還有，如果不是颶風來襲，我們一定能夠成功。難道還有比這更壞的運氣嗎？」

一蠱是將許多的蛇蟲放在一個甕裡封起來埋在十字路口不餵食任其自相殘殺最後所留下來的一隻加以施法而產生的東西二我沒有形體或可化為任何形體能自由地穿梭空間與時間三我非常愛乾淨有潔癖會消滅一切低等生物所以如果一間屋子沒有蛇蟲蜘蛛網或寵物表示這戶人家有養蠱四我很聽話很愛存錢也很會保護主人但我每三年得吃一個人不給吃的話雖然像我跟孟德爾頌中校感情很好可是光養在肚子裡用人類食物餵我實在太餓只好把他的內臟吃光五主人到死都無法將蠱趕走只能嫁不然就會如南朝梁顧野王輿地志寫的江南數郡有蓄蠱者其家絕滅者則飛游妄走中之則斃香灰是給我住的銀元寶綢緞是給我吃的但我吃太多這些玩意大便就會特別臭所以得用花粉來掩蓋味道六那團白霧就是我的本體雖然跟預想的地方不同不過這次住在腦子裡也不錯。

「我不敢相信。」

媽媽低下頭在小孩的臉上親了一下。

「咦？親到這甜甜的肌膚，我是不是該說一句什麼話了？」媽媽想。

『尚未見到老鷹！把老鷹送來，混蛋！』

媽媽又看了床頭燈的開關，有點想伸手去按它。

「你還是相信吧。」我說，「準確一點說，我是住在你大腦最內層的『爬蟲類腦』（The reptilian brain）——可想而知住這我比較習慣。」

「咦？如果按下去，我是不是該說一句什麼話了？」

『此一命令立即執行。右舷有敵機來襲，勿再延遲。』

媽媽忘記該說晚安，只好又把故事書打開來讀給小孩聽。

「住在肚子我能吃人類的食物，但住在腦子就得吃思想。而思想的材料是記憶，所以平常我會跑到『邊緣系統』（The limbic system）和『新大腦皮質』（The neocortex）的腦神經元和胞突纏絡（symapse）間尋找記憶當食物。」

媽媽一面讀故事，一面打哈欠揉眼睛。

媽媽工作一天都沒休息很辛苦。

媽媽越來越累，讀書的聲音越來越小。

小孩覺得很心疼，小孩不希望媽媽更累了。

「我吃的速度很快，找到什麼吃什麼，不過通常都是從短期記憶開始吃，特別是存放在中顳腦皮層（Medial temporal cortex）的最好吃。這就是爲什麼時間越近的事情你會忘得越多。」

『五官都充滿了水。』

『對聽地……聽到……』

「很抱歉我非得這麼做不可，這是我的天性啊。但爲了保護你自己，除了按時餵我吃人以外，你得不斷地記一些新東西到腦子裡給我吃，就跟孟德爾頌中校得一直吃東西餵我一樣。否則我會把你的舊記憶吃光光，最後吃掉腦子本身。」

『誤擊，重覆一遍，操你媽！水平號停止射擊，誤擊。』

小孩悄悄地把玻璃罐的瓶塞拔開來。

『身體在膨脹，眼前是一片白光。白光。』

「我們剩下只夠兩天吃的食物，以及只夠燒一頓飯的燃料。」

「然而我能吃你的記憶，也能在你需要的時候潛入大腦皺摺的深層，將你以爲自己已經遺忘的記憶提取出來……」

第一個晚安鑽到棉被的棉花裡。

第二個晚安趕快假裝自己是故事書上的一個字。

第三個晚安溜溜一轉掛在小鬧鐘的時針上。

第四個晚安躡手躡腳地爬上小孩的臉。

「就像你在圖書館『剛好』讀到《爺爺在醫院》，它不就是你想記起的『我記得小時候爺爺去世時，看來差不多就那副模樣。』的隱藏背景嗎？是這樣的，這間圖書館的確沒有嚴格的書籍編碼制度，因爲所有的記憶都被儲存在大腦所有的區域之中，任何一個片段就能使整體的記憶再現。所以只要某個記憶存在而你也眞的想記得，在我的協助之下，你都能從任何一個書架上調閱它。」

第五個晚安閃進床頭燈的燈泡裡。

『呼吸還正常。正常？』

「這正是我要跟你說的……你現在並非身處於對蹠地，也非處於一個冷清的小鎭。你在你自己的腦中。」

「整整四天，我們無法離開帳篷，強風在我們周圍呼嘯。我們身體虛弱，我勉強可以握筆。」

『四肢軟化了。腦子，腦子怎麼了。是什麼在重疊……』

小孩小聲地說：

「媽媽晚安。」

「帝國人表現出耐力和團結精神，而且證明了今天的帝國人不輸以往，仍能勇敢面對死亡。」

『我爲什麼往上漂。光變得更強了。』

「由於你有想要探求自己的舊有記憶，或是思索他人未來記憶的念頭，因而驅使我服從你的命令，穿越時間與空間，侵入相關人物的腦子，以便將這些記憶呈現於你的腦中。」

媽媽一聽，便轉頭看了小鬧鐘說：

「啊，怎麼這麼晚了，該睡覺了。晚安。」

媽媽把故事書闔起來，發出碰的一聲。

「明天媽媽再繼續讀給你聽，晚安。」

「不過，基於主僕關係，我是該事先警告你的：有些記憶你可以輕鬆地想過就算了，像是《爺爺在醫院》。有些記憶卻會害你深陷其中無法脫身，就像現在這樣……這不會殺死你，但卻可能讓你變成神經病。同時，也會害我盡吃一些難以咬嚥的垃圾食物。」

媽媽幫小孩蓋好棉被。

「今天不可以又踢被子了噢，晚安。」

然後媽媽低頭在小孩的臉上親了一下。

「晚安。」

「那我該怎麼辦呢？」

「你自己要有很強的意志力放棄繼續探求這件事，如此我才能聽從你的命令，幫助你回到能夠重新選擇記憶的狀態……那麼你也才能恢復自由的思想。但現在你的意志力已經消耗殆盡了，沒辦法光靠它，必須借用別的工具才行。」

媽媽把床頭燈關掉，「不可以爬起來偷看書噢，晚安。」

『已目視金懷德號擊沉，重覆，已目視金懷德號擊沉。』

「即使情況不利，我們也不應抱怨，但是我們應服從上帝的意旨，堅決盡力量去做，堅持到底。」

我遞給維克多什克洛夫斯基一張病歷表，「雖然人類沒有任何新的記憶不會被舊記憶連結、滲透、改裝、引申或衍義，但我檢查過了，你的腦子內幾乎沒有任何跟『如何讀寫一張病歷表』相關的記憶。所以你可以藉著全心全意地背誦與理解這張表的嶄新記憶，去阻斷對蹠地的記憶繼續連結、滲透、改裝、引申或衍義其他舊的記憶。原理上像是電腦中了常駐的開機型病毒，沒辦法靠硬碟內的掃毒軟體清除，非得用未受污染的緊急救援磁片重新開機掃毒。而效果則類似堵塞新腎上腺髓質素（norepinephrine）的供應管路，讓腦子的長期記憶失效——特別是人們會不由自主地去緊抱的害怕與刺激的記憶。」

小孩小聲地回答：

「媽媽晚安。」

『史特勞斯中將正在轉移他的將旗至皇家文獻室號！』

「開始背吧！」我說。

出院病歷

醫院代碼及名稱：0620340017倫華斯醫院
姓名：麗莎康皮諾
身分字號：N324885746
病歷號碼：26911505　出生日期：帝紀437年3月13日
地址：赤銘自治省奧克佛德郡屈派鎮茲佩錫維路54號
入院紀錄：帝紀490年12月10日　腎臟病科　A101-18病房
轉床紀錄：無
出院日期：帝紀490年12月14日　住院天數計0004日
出院病床：A101-18　出院科別：GS

入院診斷：
ESRD S/P KIDNEY TRANSPLANTATION
R/O RIGHT THIGH SEBACEOUS CYST, S/PINCISION AND DRAINAGE
DM

HTN

NON-Q MI, CAD WITH SVD S/P PTCA IN JUNE, 490

NASAL ALLERGY

PHARYNGITIS

出院診斷：

Ditto

主訴：

RIGHT THIGH TENDERNESS AND A SMALL NODULE

病史：

DMABOUT 10 YEARS

HYPERTENSION ABOUT 10 YEARS

END STAGE RENAL DISEASE S/P KIDNEY TRANSPLANTATION

RESPIRATORY TRACT INFECTION, R/O SINUSITIS

NON-Q MI CAD WITH SVD S/P PTCA IN JUNE, 490

體檢發現：

BS: clear, bowel sound:（+）

ABD: soft, mass: （–）, Murphy's sign: （–）, McBurney sign: （–）

NE: （–）, DRE: （–）, extremities: freely movable

手術方法及日期：

SEBACEOUS CYSTECTOMY WITH DEBRIDEMENT IN 490-12-10

住院治療經過：

490/12/10 Admission

490/12/10 OP

with general condition stable, the operation is smooth. And the wound CD with wet dressing for four days to make wound clean to heal. Then discharge in 490-12-14.

合併症：

Wound infection

——檢查紀錄——

一般檢查：無

檢驗報告：

血液常規檢查：

HGB	HCT	PLATE	WBC	BRAND	SEG	LYM	MONO	BOS	BASO
12/10 8.5	26.3	261000	121000	85	7	6	0	0	

尿液常規檢查：無

糞便常規檢查：無

生化血液檢查：無

細菌培養檢查：無

血小板檢查：12 24

6 12

特殊檢查：無

放射線報告：無

病理報告：無

其他：無

待追蹤之檢查報告：無

待檢查項目：無

出院時狀況：C

A　治癒出院　B　繼續住院　C　改門診治療　D　死亡

E　病危自動出院　F　非病危自動出院　G　轉院

H　身分變更　I　潛逃　J　自殺　K　其他

出院指示：

OPD F/U

Wound care

出院帶回藥：

CELLCEPT CAP 250MG	Q12H	2
ISORDIL TAB 10MG	TID	1
LASIX TAB 40MG VPP	QD	1
PRAVASTATIN SOD TAB 10MG*	QN	1
PREDNISOLONE TAB 5MG VPP	QD	1
CARVEDILOL TAB 25MG	Q12H	1
PROGRAF CAP 1MG	QD	1
PROSTAPHL IN-A CAP 250MG	Q6H	2

主治醫師簽名：布里基德弗利爾　住院醫師簽名：若狹正兼奎恩

維克多什克洛夫斯基推開小早川隊長正要餵他喝馬肉湯的湯匙，從睡袋內爬出來蹣跚地走近帳篷大門。

「維克多！快給我回來躺下……」小早川隊長無力地喊著，「我會安全送你回家的。」

維克多什克洛夫斯基打開大門，強勁的風雪猛然灌進來，幾乎把他掀倒在地。

他緊捉住營柱看向前方，視野的能見度不超過方圓半公尺。

對蹠地的寒冷占領了他的身體，凍斃每個細胞。似乎他只要向前邁出一步，全身的骨骼肌肉就會碎裂崩潰……他想起新地號慘遭冰丘撕碎的模樣。

總是如此！維克多什克洛夫斯基被沒有邊際的對蹠地恐懼所包圍，但他決定全力一搏。

他將右腳慢慢地盡可能往前伸，直到看不見鞋子爲止……再輕輕地放下踩入鬆軟黏濕的雪地。

「唉……不曉得奧茲上尉他們現在怎麼了？該不會已經出發了吧？」我一邊想，一邊跑步越過對街的轉角。

那裡有座第七空中騎兵師的停機坪，一架正要派飛接運退伍軍官的UH-1D突擊直升機願意順路載我到山頂的對空監視哨碉堡。

秋季乾燥的空氣令我的鼻子不舒服，鼻水淌滿了上唇。

我喊了聲口令，一個年輕士兵從門縫探出頭來看我。「有什麼事嗎？長官。」他說。

「只是來巡巡。」我說。

他打開門，向我敬了個禮說：「長官對不起，我忍不住注意到你的嘴巴都是鼻涕。」

你找不到我，對不對。如果你有找我的話。

我打電話回家，沒有任何關
於你找我的消息。沒有信、沒有
明信片、沒有電話、沒有FAX、沒有電報旗語、沒有阿拉斯加麋
鹿、沒有起士蛋糕、沒
有
保護小孩的紫舌頭鬆獅狗、沒有霧霧的城堡、
沒有查
理布朗，甚至馬克斯（寫《資本
論》的那一個）也沒有。
說要帶我去旅

行，結果從以前就是這樣，好像都是我一個人單方面地信誓旦
　旦的，一
個人拚命地，拚命地跳著時鐘舞，頭一直擺個不停的
樣子。
　我自己一早就去旅行了。可是，
　　我自己沒有遵守約定，並不表示你可以不守約定，並不是
西瓜敲起來「啪啪」的，裡頭就
　一定沒有水分。
　如果你非得問理由的話，我可以像是中了大獎
　的吃角子老虎一樣，讓
亮晶晶的
　　金幣一直掉出
　來，一直一直說話。
可是你沒有找我，你什麼也不在乎，我沒有回來幫你過生日，你也不在乎。
　你現在在做什麼，我好想跟你說話。

我常常在心裡跟你說話，很認眞地說話噢，例如：「本週的話題從此處可達的油氣鑽探井開始到有錯誤稱謂作抬頭的來信結束中間是生長於熱氣球上的眼睛所俯視的軌道」。

你也曾這樣和我說話嗎？

不過反正這次我去旅行就不回家了，

問了我也聽不到答案。

所以雖然我都在抱怨，你也只要聽最後一次就好了。

除此以外會怎麼樣對我都沒有關係。

就只是這樣。

我走下這座小山，穿過一片高大的針葉林直走一百公尺，交通壕也從白灰色地面變成了紅磚與石板路。

這裡是一處規劃完整的觀光旅館商圈。商圈旁邊緊臨著一條美麗清澈的大運河，周圍則散布著如蜘蛛網的小運河。

MINGUS'S在面對大運河的一間飯店二樓，是家有地中海式全景窗、七八張小圓桌和一道吧台的小酒館。

我站在門口看著寫了當日菜單的小黑板。

還沒吃上面寫的東西，光是閱讀便是一種感官享受了：料理的名稱很美，各色粉筆劃過黑板的細緻紋理與依舊殘留在耳際的清脆聲響也非常迷人。更不用說一想起烹煮的過程和仔細品嚐的幸福味道，心中必然充滿了在不同國度旅行的愉快感受。

但是這個黑板上曾寫過許多事物，即使擦掉了，也不免留下一些痕跡。或許有很多與菜單完全無關，甚至是些不堪入目的文字也說不一定。

雖然用這個比喻來看待人生的命題是不公平的——但它的不忠實和不專一令我傷心。

我找了個靠窗的角落位置坐下，點了烤芋泥和冰牛奶。

在等待餐點送來之間，我隨手翻閱今天的報紙，上面全都是有關小早川秀秋隊長和皇帝陛下陸戰偵搜隊在對蹠地全軍覆沒的消息。

除了小早川隊長的事蹟最爲引人注目之外，記者還特別報導了一位叫做維克多什克洛夫斯基的陸軍中尉。根據小早川隊長的日記和信件，這位盡責的軍官在知道自己的病體已經撐不下去的時候，決定走入暴風雪之中犠牲性命，以免拖累同伴的撤退行動。這一天，正好是他二十二歲的生日。

爲了永誌不忘小早川秀秋隊的英勇表現，救援隊在他們喪命的地方插上了亞莉珊德拉王后（Queen Alexandria）致贈的，象徵鳳宮圓桌武士傳統的帝國雙鷹獅御旗和一個木製十字架。

班長爲我端來餐點，「可頌由本店招待。」他笑著說。

準時地，大運河兩旁的水藍色夜燈亮起。

在僻靜處　在希臘十字架下
照料壞死的心

如支解的巢　需要重組如
塗鴉的牆　需要
刷白

如和平
必須反唇相譏

當水藍色夜燈亮起
光朝著東方或南方流去

夜的空氣所折成的白船
沁涼地劃開光河

酒窖孕釀潮汐
月影是烈酒杯的底森林是薄荷葉
隱匿的獸衝動
池塘長出海賊

在僻靜處　在希臘十字架下
度過憂鬱節約時間

喝腐敗的牛奶行走廢棄的海岸道路
投一票罷免參議員

催眠時
一彈指便深睡

我沾濕的腳板
在船之間
船碰觸著　腳板　漂開

然後我轉頭看向右後方，大約距離飯店七百公尺處的敵我陣地仍在凶猛地交戰。
早上先互相罵六個小時的髒話，中午休息兩小時，吃撒上初春樹芽的冷硬白粥、一大條醬油蔭瓜和幾塊烙餅，下午再輪流丟五個小時的石頭。
到了晚上，就用強力手電筒照對方的眼睛。
直到有一天，長久以來的激烈戰事呈現僵局。

過鳳南路

過鳳南路，五甲三路接南富街。經南華路、南昌街，越高速公路下鐵工廠區，三叉路口，接五甲二路。南京路交，二伯說接澄清路，慢，爸過。

「算，時間有，但別不熟路，照舊。」

「沒關，瑞隆路接南京路。」

早自起。廉乳膠板難睡，黏熱。回鳳山水土不服，頭痛。

爸陽台練氣，叫「一分觀音十字功」：自然立，沉肩垂肘，鬆身心，口緩吐。舌尖抵上顎，鼻緩吸，氣沉丹田，掌合十胸前。吐，雙手垂兩側。掌心上，下朝上劃大圓，直頭頂，掌心前，時腳尖慢豎，腳尖站，雙手盡上伸，續吐。吸，雙掌心上，下劃半圓與身體十字，腳跟放離地少許抬，仍腳尖立，緊肛門，停呼吸，意識丹田。吐，腳跟放，雙掌合十胸前，彎腰續吐，雙掌手指交叉按地，眼視掌背。吸，復立，雙掌合十胸前。吐，雙手垂身體兩側。五輪，功完。

坐沙發電視，緯來戲劇播《阿信》：自龍三老家逃，酒田開小館。爲兩煩混混，將阿健東京幫會那搬，壓場。

「瑞隆路接王生明路？哪南京路？國泰路轉。」

「通小港機場王生明路？」

七、八年前搬鳳山，晚騎迷。高雄來，王生明路接中山東路，右鳳林四路。不知哪錯，反鳳山方，進過埤巷往大寮。兩側荒地，以鬼擋牆。

「王生明死一江山指官吧？政校有一江山保衛戰陣亡政工墓。」

「退囉！多久？」

「四年多。」

「軍官？」

「輔導長，政校五月訓。墓寢對。」

「考？」

「碩免最後。考不上，文院只兩！」

「這難……」

時國隆路接五甲一路，會右國泰路二段。

「哪對，左吧？」

爸露「你們煩才錯」，悶：「沒關，繞圈。」

爸問什早餐，說不沒慣，他囉不神不好體壞。明知不，但十幾年家醒，耐：「蛋糕好，或烤吐司泡奶？」實一口也，霉。爸大賣場衛，小公員退只這。晚班，剩蛋糕麵包：「老伯，虎皮蛋糕帶吧，貴噢，一三百，不然丟。」爸興收，冰箱滿虎皮蛋糕、吐司、鐵火卷壽司。台北，愛大咬虎皮蛋糕，經麵包店饞。概不喜冰，怕沾臭。爸愛冰，什都冰，隔天烤。冰箱冰烤箱烤，什死而復生。是不小特窮，小家電神思？說兩減肥，爸不吵，端熱奶蛋糕陽台，大賣場出清塑膠桌椅，美味早餐，賞自栽。七點，叫換衣出門，接二伯。

五甲三路與三誠路交轉，停五福一路口。二伯巷來，五甲三路回。

「噢……新車，哪款？噢！回了！什時怎不來？」

坐後，點叫二伯。養三或兩小孩，小時概見，想什不起。等……似他家門口騎木馬，搖來去紅藍小木馬。巷裝遮雨圓頂篷，光透圓頂篷虛灑白水泥地，事物得白子。長沒去，記不三或兩小孩樣，據有念研究所，二伯光榮。紗門！乳白門框……木馬紗門前搖啊搖。

忽想國中師……級任師、年夜突被痰死數學師、兩剛師專畢清純女師。冷豔國文師，升旗前過，風華。夢歷史師，約三十，婚，夫工程師，沒孩，教己一年。不美，大圓紅框眼鏡，胸腰豐，臀翹，身高，喜改良粉紅旗袍衣、緊牛仔褲、高跟鞋。脾氣壞，常對生毒辣話。愛她吃飯樣，上嘴緩坡鼓脹，深粉紅唇膏，緩咀嚼，蠕。夢和她愛，滿臉爛瘡，脫衣，身一樣。爛瘡寄生鬚鯨甲殼，堅嵌肉。她渾不覺笑，想做，不行……噁，醒。阿叔坐床，呆一兩分，側櫃底抽色誌慰，喔……又位高妹爲生活而……小騷，狼人享美女溫柔。SM．SM女牢參觀團，騷足——看了精汁，漂泰妹掰穴喔！新妻自拍！不美，可耐幹，結過女好插，台中景#英文師梁#薇援交拍，粉嫩雞掰III。台女寶玲裸寫，透兩點毛髮要命。表嫂欲拒還迎，終跟進房！射線：0941-670-880，淫相女身下形都淫。偷少女沖涼換衣過引，她突要怎辦？洗澡晴天霹靂被強！天啊！褲沒脫插，3P伺。www.oo-oo.org專變態A，口交顏射深喉糞粧孕大手入洞台日十八招亂倫同性巨乳獸幼，謝新老客特普優惠到府。我這會不報應？么獸唷!!小弟弟被她淫水黏。熟女之超大乳（室內）33插慰篇。疑士林夜市交交女，眞五告讚ㄉ處女極鮑～IV。

衛紙擦塞袋，入廁沖。有人。進阿媽房，姑不在，概廁。

「阿母，口水流多?」

沖，姑來。

「口水沒擦?」

「不擦嗎?」

「起先看嘛!」

姑沒聲，拿阿媽毛巾擦。

「阿母，餓嗎？我煮粥。吹電風？」

「便沒？拉煩。」

「吃上，且尿布。」

「蓋被熱？」

「吹電風了。」

「電風直肚痛，別吹，被薄好。」

「然裝冷氣。送旗后？冷氣，空大風。」

阿叔一會，然：「昨衣洗？」

「尿布洗。」

「沒內褲，記洗。」

「空不自洗！」

「嗯，妳煮粥，我顧。」

姑廚。

「阿母，太熱？流汗，電風拉，別直，易寒。稍涼，別悶，但感冒煩。冷氣不好，身乾。不舒聲，去旗后？搬下危，不舒。菁仔噢？煮粥，我阿惠啦。阿惠啦。不認？阿惠啦，對，阿惠啦。」

粥熱，姑盛小碗磨菜泥，進。

政工墓後片木麻黃。小，寢望，見另端學官集場。裡什沒。晨跑，裡散掃梗葉。粗靜、乾裂。不知功？防風種？晚完澡靠欄涼，瞥林上一團靡黑，更上月盈血暈，嚇！胸揪痛。隔天知颱快，用木樁膠繩綑弱樹，不砸萬太平。夜颱，強哭爸，早心涼半，有沒綑倒堆。一棵特高粗根不要，四之三飛三棵沒倒上，死卡。完早飯，中隊清林，小隊拉半空棵。爬童軍繩綁，下拚拉。「不死人奇！」心喊。瘦氣喘，小隊長趕閃，掃葉梗。拿竹帚黑袋，想他們被官飆，一動沒動掃。搞一包，忽聽輕：「幹！死……」死什沒聽清，往看，一死鳥。全濕，眼緊躺葉梗。

阿叔出，蹲門弄狗，很歡？跳不停，坐。坐。看我歡？乖喔，坐。摸這爽噢？乖乖，小黑，坐才幫捉。看很舒，翻捉肚。吱吱吱，頭搖，這爽嗎？不，不咬，講不聽？小黑，躺好。對嘛躺捉。好啦好不捉，坐。乖，今天吃？有沒餵？碗咧？又咬哪？髒，沒洗！不咬，坐，坐。小黑，坐。我裝食，坐不聽啊。哼……藏哪？找不，等再拿。吵，拿旁。乖喔，躺，躺。不聽？不然握，坐，坐，對，坐。握，握，不趴。坐，坐，握。握。叫坐不聽啊！欠打不。打不坐，再打。唉吧，唉吧，誰叫不坐。坐，好，乖，握。握。一隻好，不兩隻都，一隻好。一隻啦！坐。乖乖乖，握。教不，笨，真笨。笨做狗，不救早死，眼瞎一，別才不咧！乖……生癬？擦藥，會不痛？還癢？不舔，擦不舔，等下肚痛。奇，病不唉？怎笨？笨。坐，坐不動，握。握。

再往快家，過王生明路，近直角黃埔路。救國團時，左中山東路。

「路不熟，你家哪？」

「家右經黃埔公園，直鳳林四路繞陸官牆。」

過大東二路、維新路、五甲一路、安寧街、三民路、光明路巷口。

「右光遠路接鳳林四路，左自由路。」爸，「自由路接澄清路。」

不弄狗，阿叔坐沙發電視，轉喜Discovery，播《動物集錦》。介孟加拉虎：雄180公斤，雌160至230公斤，壽26。毛短紋少，耳內頰白。布緬甸西、孟加拉、不丹、尼泊爾、印度和巴基斯坦。夜行，常水，擅泳捕獵。食哺乳：羊、鹿、野豬、牛、熊、豹、猿、象，甚鱷魚、蛙、蜥蜴、白蟻。天行30公里，食後休。襲人，1902年印度1046人死，有虎吃430人。雨季末交，2年半生一次，幼死5成。現野生不超7000。廣告。轉衛視中文鄧光榮《快速手槍》，他排人逕A左快速手槍抵A額。當金屬槍管敲薄肉頭骨瞬，心揪不小心破A額。A左右鑣立身槍指，他左快速手槍離A額左射藏西裝右快速手槍右射，兩鑣倒左快速手槍又回A額。這眞不小心擦涓血如綢線輕曳眼鼻嘴沿頷繞耳垂滑脖滲片白領。周賓槍備只A他邊無忞射。他開A腦漿大口痰啪黏隔橙汁香鴨，B太惜不早小姐鴨肉分怕A腦漿淹淺盤煎煙肉蘿蔔卷急端奶前。A倒左腳猛翻跳桌近兩酸辣螺旋瓜紅燒素黃雀門飛酸辣螺旋瓜上擊門右魚戲蓮葉設色長卷。該卷明家周臣故宮複製綿悠生盎魚樂富皇裝飾氣。紅燒素黃雀下，直賓C胸五香豆腐乾紮素黃雀一滾C陰落地狗吃。狗疑素呸。C大怒射……又緯來日本，播《新早安少女組》短劇（旁白：變身兩。一蝙蝠俠變身，換衣戴面具，沒防彈衣蝙蝠車，布魯斯韋恩有錢二代。十三制美少麻美示。）麻美午出。兩麻花，淡粧。粉紅小碎白T恤，亮黃毛背心。水藍七分蕾絲綴褲襪，白蕾絲滾蓬裙，白勃肯鞋。東京街多層次。不懂麻美穿窮買不整，但四五歲爸不好說，趁過小問：「哪玩？」像上學，踮親爸。搖肩耐吉包柔笑：「同學原宿逛，麻布茶房念書。」（二假面騎士變身，普通人完全變態踹坦克超蟲，表變本質不一，麻美示。）

「Festiva1600，較多1400。概貴八九萬，1600好，大。」

「多少？」

「四八，加十CD音響。」

「喔喔，大仔來？」

「像不，看孫。他家看孫已，累啊，囝。大仔七幾吧？還帶孫。所你早結生囝，優勢，我和媽年輕力幫。事業、車、房、妻、囝一步步。」

麻美傍晚回，笑上樓。「家吃？」半時亮唇膏下，金髮裸肩，黑白絲巾比基尼形斜背心，臍環獨角獸刺青。窄短泛白牛仔裙，高跟白羅馬鞋。過爸，冷看：「銀座」，揮Prada黑包出，上男敞篷保時捷。「早回，明課……」爸塵音吶。回Discovery，公視停，《榮民傳奇系列》〈秘門〉，台腔講外省人，怪。三十八年底王鐵英艦離陸基隆港上。年二十二陸軍中尉。下沒跟軍，服脫消失。部抵駐地不見，陣逃緝令。沒人見……王現台北。出軍統，穿憲兵督戰隊封鎖易。但事軍統無關，私。王山東萊陽秘門螳螂拳弟子，螳螂清山東村拳，道士王朗看螳螂捕蟬，綜北十八拳法，手細密、快連擊、強猛攻，分七星、梅花、八步、六合。民初出山東，秘門沒外，限萊陽。王任務簡：叛偷秘，父要奪返。叛師叔——萊陽國術館教，蔣衛隊少校，已先台北。Discovery概演，轉……棲海岸、紅樹林沼澤、鹹水灣。成熟美洲鱷以魚生，溝渠堤防3—9公尺巢，入口水中。4月底卵，產44。7月底孵，雌鱷挖巢幼鱷出。美洲鱷布墨西哥中、中美太平洋岸、加勒比海岸、秘魯、委內瑞拉、美國佛羅里達州南、古巴、牙買加、海地。到非洲，非洲象陸最大動物，一度非洲。可重7500公斤，肩高4公尺。齒長3.5公尺，107公斤，外耳直2公尺，四肢筒，軀形茄，多皺灰厚皮黑剛毛。壽60—80。食草、葉、樹皮、果，日量體重6%。群領雌，親密，共顧幼。雌10歲發情，孕22月。雄12—16歲離母獨……轉公視：王沒宅旅，扮難民大雜院，半年西門町飫。一日知叔退艋舺，夜十二，三黑衣人現。王坐床，短默，三人撲。王五勢運氣，默〈秘門螳螂拳總要歌訣〉：「螳鬥螂．秘門眞．你快我短．你靠我點．鉤用提．番車迎轆轤．閃我挪．騰我轉．一肘遮半身．猿猴進．八剛十二柔．在我手．七長八短．都無妨．身秘門．意隨敵」，施鉤刁探掛提拿封閉粘連幫靠換七古秘格黑衣人，進貼八短。兩人窗飛，一破門滾院。王收拾，當離。（旁白：離？揍，說叔下落？）「三人叔弟子，說，欺師滅祖，別混。既刺，本門武，破大罪，死不落手。人盯，常打受不了，惹軍警煩。所走。」（叔？）「當奔艋舺，找不。永沒機。」沒聽叔息，避軍緝仇狙，沒常日，零工維。二十年，反攻無殺氣低，王棄秘娶生二男一女。「民七十六解嚴探親，身敏感不敢。香港信父老身壞，捉時回。趕，兩岸沒刁。見家人師兄弟，談叔。叔早探，說秘船丟，沒帶台。」（您信？）「不重。大伙快棺，乎書？父殺他？在什用？沒人要，賣沒。」民九十一年二月，王台北榮總醫逝，七十六。阿叔關，下樓。

「來了啊。」三伯。

停點頭。

「什時？」

「昨。」

大姑、二姑一家、英叔、富叔、姑來。姑拿長白毛巾綁，榕葉放袋。

爸伯不會，英叔幫。

阿叔左研仔店凳。

「握握。」

「好啦好啦握握。」和義仔握，「維士比兩。」

「義仔旁坐啦。每握，不煩？」開店蔥輝，「昨簽？」

「簽！簽毛啦！簽槓幾。有有啦，槓……」

「天罡壇教算？」

「信早哭夭，己逼效。這幾沒靈，沒法。」

「幹！說己厲害。啊逼幾，上賺一已。」

「幹！吃三月，不爽什？義仔，沒報四句聯？什明牌！」

「神經仔話聽，屎吃。義仔！不握啦！」

一小轎停，義仔笑兮：「握握。」

群年輕下，不知義仔怎，兩三握。

「對不咧，沒關啦。」蔥輝，「他不怎啦，握已。」

人點頭，不意走。

近午，哈瑪星渡，屠宰場般狹綠鐵杆，票站員。港油味。小心碼頭鐵板船間，起伏縫。開，旗后十多分。阿媽家渡對，一排兩樓巷。越炎柏油，入巷石階下，白牆片。會右，開淡藍木門。

阿叔照髮黑，臉沒變，但髮白幾年。

車埸晃，廁旁夾娃機，看玩。

禮什始？

義仔回矸仔店腳凳。

「不唸嗅……四句聯，大牌開，送賓士。」阿叔。

義仔笑：「……大路通無走，血河骨山，屍遍無管，豺狼虎豹餐。二八月狂風，三七慘，四九十劫，十剩二三。南陽殺星，男女不周，岳女悲，江南巴州不安。滎陽難，十九難，漢口建州梓通縣，禾旱死。蘭州保寧千八縣，家戶斷，漢中吃喝半，比上年慘幾。山陝更難，徐州刀兵，西鄉斷，老少完。它地死半……七八九災，瘟疫行，惡人劫，痢疾瘟疫傷寒。一年半……」

「哪學？沒讀冊……」蒽輝，「天罡壇聽？」

「嘜吵啦！逼……瘋牌行，不懂啦！」

入，上綠斑爛通鋪，阿媽笑，如驟樂花。小姨份養叔姑，鋪上長待薄倖郎回。日似瓦楞空間迷走，區隔，探頭皆刺。自鋪踮，彷觸哀抿雲。回，阿媽搓手郎說話，便愉悅，長哨攏焉然陰霾天翹。

英叔輕：「要了嗅。」

伯前，和爸、堂弟妹後。

司儀給香，拜。

叔姑答。

「幹娘，我久，你久。你比義仔練肖。比逼嘛！」

「……凡不信善，倫德不見。屬日奏二，上帝怒衝，御傳下，大劫年。天網下界，二十八宿臨，天將到，殺惡行天。刀兵水火現，山地同，山水難，屍骨罰黃泉。十月二十三，星不見，御旨慘，惡民收。領旨七勸，凡不聽看，貶南海岸，失普陀山。七跪靈霄，勸民遍，仙佛本見，保位還原。天機現，凡以狂言……握握。」

「人店忙，啖握啦，轉呷啦。」

「輝仔，蘋果西打加啦。」

問阿叔？阿媽說拆船廠沒做回，中洲釣。想兜蟹，拿四五網渡邊，綁魚頭臟，丟。等半或一時拉，中幾掌大蟹。交阿媽，天后宮前吃麵、魚丸湯、涼旗魚粉腸、鮪魚心肚、透抽。阿叔回，有雜魚、蟳。

牠全濕，眼緊躺葉梗。人斷枝插，肚破幾，過期鋁箔包流帶塊黑紅汁。退步，腳軟，又一。脖斷，頭身連皮二十公分。掃，皮度纏草。旁，一翅腳撕。從三始，三十七不數，風雨歇，清靜，散芬多精林，各死狀默布。但，末裡見聽……叫繩斷，爬綁。喊令，猛拉，剎蔽空死鳥潑頭。轟！斷木垮。

鄰朋完，兩法師堂側，教助唸禮。

伯不願，旁。

司儀發經。沒，空站。

跟阿叔下階，經小地與井，沙灘，疏木麻黃，乾氣。沙燙跳，到浪線。有小洞，捉細白乾沙，慢灑入。滿挖，內沙濕黑，白引路，挖藏裡沙馬仔。

法師誦。

爸前，按跪唸。

原不動，見爸眞，做。

爸偶轉看，似不認。

爸鐵齒，居露多跪唸，阿叔升天表情。

寂寞，驚。

（景新，而遠。）

晚，姑、英、富叔回。阿媽煮飯、炒菜、蒸雜魚、蟳、渡小蟹。「這鮮。」阿叔夾，「多吃。」覺腥，肉少。尤蟹，濃油。

跪唸完，捧靈帛幡繞圈。

移棺大雨，到百公尺火化場。

繞棺圈，拜，火化。

完餐散渡，港煙火。無法眼移，眸底，見洋星朵陸，湧秘井掩繁影。眸底，緩傳掘彩石響。

撿，遺片白頭骨，硬塞罈。

外燒榕葉，洗手過運。

回，說旗后吃麵。

自由路直衛武營右澄清路，過中山西路、中山路。怪？不澄清路。路標：青年路！

「青年路，不澄清路。」

爸華山街時：「怪！該澄清路，哪青年路？」

「對啦，青年路。」二伯。

爸不死心，過文化西路、建國路二段，發不澄清路，想自由路。

「記中山西路接澄清路。」

爸聽右。經裕昌街、中泰街、中利街，右澄清路。直澄清湖前文山北巷左，兩側小別墅道。

「唉呀，青年路可啊，看文山北巷標。」

一會，抵。

如果是傷懷

我有多久沒回到棒球場了？

就私人的事件而言，大約是在我頭頂飛過最後一支右外野全壘打之後。而就頗具歷史價值的資料來說，或許從大鳥勃德成爲有史以來最偉大的板凳球員開始算起是十分合適的。兩年的時間，我想。

當然，大鳥勃德是籃球員。

我現在所在的這個球場與那支右外野全壘打所俯視的是一樣的，本壘到二壘的距離有127英呎3/8英吋，投手板到本壘則有60英呎6英吋，右外野是不利於航行的。

在我眼前所展示的，可口可樂的看板以及白痴似的高圍牆，和從前一樣像是巨大醜陋的山區。

球場上空無一人。沒有裁判員，沒有隨隊醫生，甚至沒有跑壘指導員。不知道爲什麼，沒有跑壘指導員特別令我難受。我站在本壘板上，就像登上幾千公尺的高山，一方面覺得寒冷，一方面覺得孤單，縱使夕陽像一輛毀損的老舊坦克一般地溫暖迷人。

我知道我從來不曾眞正隸屬過一支球隊。每一次有小孩問我說棒球是不是一種團體合作的競賽時，我總是十分疑惑。我說，我只是個右外野手啊！右外野手是否已經重要到可以談論這個問題了呢？你們應該去請教投手或跑壘指導員，他們比較有討論這個問題的資格。

我記起最後加入的那一支球隊隊室佈告欄上的一句話：「你一生遇見多少蜻蜓呢？」當我在右外野的草地上站著時，腦中總回憶著我這一生遇見的幾隻蜻蜓。

「你一生遇見多少蜻蜓呢？」

曾經有多少人在我現在眼中的觀眾席裡爲我加油過呢？這些永遠高高在上，整齊擁擠，等待塡充的灰格子。我走向一壘，然後走到我的右外野。一面想著。我想我大部分打擊的時間，那些觀眾都在做什麼呢？吃東西、談天、交換一下關於第三或第四棒的意見。很少有人會注意像我這樣的第七棒。安靜沉默的棒數。大約是一成八七左右的打擊率，一個大學球季只有一支三壘打。

我站在遼闊的外野，雙手交互地搓揉。本壘板遠的跟黑洞的盡頭似的。球場特有的旋風盤踞著。蜻蜓，黃昏，中堅手的位置上有一根球棒。從來沒有一場比賽是因我而存在的。當然，球賽不爲個別的棒球員存在是明顯的事實。所以如果我們要比賽，也就至少得湊滿九個人。比賽不爲某一人存在，但只要有一人缺席，比賽就不能進行。於是不出席者成爲眾矢之的。我們只有付出，而球賽並未向我們承諾什麼。當然這不包含職業球賽在內。

有一個在我這一代算來頗有名氣的右外野手說過這樣的一句話：「關於全壘打我是無能爲力的。」

所有的外野手都應該將這句話奉爲遵行不渝的座右銘。如果不如此，很少有外野手能承受得起這樣殘酷的事件。就在我們的眼前，卻一輩子也無法挽回。

這當中或許有些奇妙的關連。對我而言。

似乎有許多的太空船要起航了，在這片球場裡，我恰好看見了這樣壯觀的盛事。

老舊的坦克最後也化爲鱗片退去。夜色漸深。在我來不及走出球場的時候，已經暗得幾乎不見五指。我摸索著走到入口的地方，發現鐵門已經上了鎖。我伸手搖晃了幾下，金屬碰撞嘎啦嘎啦地響。沒什麼效果，所以我甩甩頭走回球場的中央。

在投手丘上的感覺如何？如果你是一個投出完全比賽的投手，他的答案極可能是像乘坐協和機到達巴黎的感覺。但現在的我卻沒有。只是試著體會，這略高的丘上，一點點的俯視。看不見本壘板，看不見三壘。墜機了嗎？不對，連機票都買不起呢！整個山谷都寧靜，幽黑了。甚至沒有野生動物，純粹的缺乏生命。

反正一定得留在球場過夜了，所以我走到外野的草皮躺下，（這時候我多希望左外野是一片森林。）把夾克脫下來蓋在身上，因此大學的校徽及英文縮寫覆在我的胸膛。所幸這座球場建在離市區數十公里的地點，與我偏僻的大學相鄰，光害甚少。一抬頭就是都市難得見到的星星，非常低垂，幾乎一翻身，就可以碰落一地的距離。都市裡的人在做什麼呢？也就是我的室友和一些不常遇見的朋友在做什麼呢？他們總愛在那裡消磨夜晚。當我遇到山難，在某段飛翔的峽谷裡無法逃脫時，這些應該是極富意義者，在做什麼呢？兩年多一點點前，我在某座山裡受困了四天三夜。前兩天的晚上我還能專心地吃著野菜和老鼠，到了第三天夜晚，竟出現了兩名黑衣情報員的幻象。他們悄悄地立在懸崖的邊緣，臉色蒼白地凝視著，月亮一度在他們的背後昇起，旋即又落下。我望著他們，他們似乎沒有移動的意思。於是雙方一直堅持到我昏昏睡去為止。

此刻會想起這件事，大半是因為今早買了馬格利特的畫冊，又將回憶勾勒出來。我一直以為球場、球賽只會控制人的心靈、精神一類的。沒想到現在竟以一種災難的物理性質困住了我。雖然我已不再像從前那麼害怕，只是孤立的情形沒有改變。搜救隊終究沒有找到我。我自己從那兩名黑衣情報員站立的懸崖處攀岩而下到溪谷。溯過溪流，接上一條獵道，順著獵道一口氣走到搜救隊的連絡站。災難結束了。

「我不曉得你們在哪裡。」我說，「所以我就自己回來了。」「總是在某個地方吧？」一位搜救隊員，也是朋友，向他身邊的人喃喃地這麼說。

漸漸的，黑暗已不再那樣地黑暗了。我總是習慣蒙蔽自己而忽略事實。其實並沒有這樣的悲劇化——伴著消極性的恐懼。我現在能看見周遭二、三公尺之內的東西，雖然只是些零碎的顏色。但是我並沒有更高興，對我而言兩者程度相差太近，只是互相欺瞞的一種形式。

幸好我並不飢餓，眞正的氣溫也不寒冷。躺在這裡還算舒適。如果這裡是一座島。最好是不利於航行的。免得蝟集的船隻做了過繁瑣的交談。我眼睛直上星空，四處地飄移著。忽然間我看到一張圓圓的臉孔。

「喂！」她說。

「妳在這裡幹嘛？」我說。

「是你要我來的呀！」說著，她已經坐在我的左邊。

「是嘛？」

「怎麼忘記了？」

「來多久了？」

「很久了，下午就來了，照了照片，結果太累了，躺在球員室的椅子上睡著了。」

「妳記得我要妳來幹什麼嗎？」

「說是來玩，散散心吧！」我看見她將單眼相機舉在頭上晃著。

「可是晚上回不去了。」

「爲什麼急著回去，門總是會開的嘛！」

「說的也是。」

她把相機收回袋子裡頭，沙沙地躺下來。我把有校名的夾克蓋在她的身上，她把頭倚在我的肩膀。

「我好喜歡你喲！」她說。

「這不太可能，對吧！」我說。

「每個人都得喜歡一個人不是嘛？而且至少會被一個人喜歡吧！」

「這很難講，我不大相信歸納法。」

「如果在心理學的層面上……」

「嗯！」

「如果能航行的話……」她說，「現在就得出發了，在黑的底部，伸出試探的觸角。並不是很新式的型號，大約是阿波羅火箭那一年代的。昇高之後就像搖滾樂的旋律那般動人的。」

「噢！」

「我要聽你講故事。」

我考慮了一會兒。

「沒什麼故事可講的，就跟小學的右外野一樣。」

「什麼叫小學的右外野？」

「也不知道爲什麼，小學時很少遇見左撇子。」

「所以呢？」

「所以很少有球會被打到右外野。」

「是嗎？」

「也不盡然如此啦，正式比賽時，一些強打者還是會打到右外野。」

「那麼小學的右外野到底有什麼意義？」

「它眞正的意義在於一般的遊戲式球賽。平常的，非經正式訓練的比賽。許多時候沒有右外野手和裁判。壘包都是用磚塊和石頭代替。場地往往是廣漠的草地。許多時間都花在找球，爭論和制定新規則上。三、四個小時常常只打了五、六局。相對來說，尤其是在那個缺乏左撇子與強打者的時光，右外野就顯得孤孤單單的。」

「眞可憐。」

「還好啦！」

「嗯！」

「我從小學開始一直就是右外野手。」

「要聽要聽，棒球的故事。」她親了親我的臉頰，抬起頭來，眼中閃耀著微弱的水光。

我一直反覆地作著一個夢。夢中總會有人問：「爲什麼迷路了呢？」我睜開眼，看見她被另一個登山者拉走，往一條山徑離開了。她頻頻回頭望我，但終於不再說話。我覺得很奇怪，於是看了看自己的手。再眺望她消失的盡頭。「爲什麼迷路了呢？」「爲什麼她不能在我的身邊，倘若她知道我已經迷路了呢？」有另一個聲音說：「你只是一個簡單的迷路者，由於太過簡單，令人無聊吧！」這是什麼話。然後有一片白光斜斜地從我的左側砍進來，大約會在此時醒來。

我下了床，走出無人的寢室。到了宿舍的大落地窗前。夏天的早晨讓人興起徒步旅行的念頭。現在能在山裡頭就好了。我想著。

那麼就走吧！我回寢室裝了個背袋，走進學校，打算在另一側的站牌搭車。

我在福利社買了些麵包和礦泉水，還買了一把手電筒。有兩種色光可供警示用的。然後我看了一會的樹，辨認了幾種不同的蝴蝶幼蟲。她擠到身邊來，拍了一張蟲害的照片。

「眞漂亮。你要去哪？」她說。

「徒步旅行。」

「我也要去。」

「現在？」

「等我十分鐘。」她說。

這世界到底是怎麼回事？爲什麼憂鬱像是一片又一片的林子，永遠走不完似的。何不去試試走高空鋼索呢？每一個來向我抱怨的人都能領到一根平衡桿，讓我說明一下必要的注意事項，然後拍拍大夥兒的屁股就可以上路了。爲著這些憂鬱，每個人的、我的，四周越來越空曠，逐漸地留下我一個人站在原地，舉目不見人煙的雪地。

難道這是我的錯嘛？有一個女孩說和我在一起總不快樂。不快樂，兩個人在一起的時候。我不知道要怎麼做，要怎麼使對方快樂。爲什麼總是如此。

我陷入深深的絕望。所以就像把黏在身上的貓摔開一樣，把一切摔開了。擺在地上，縱使眼睛仍盯著我瞧。我依舊沉默地走開了。

是的，必須徹徹底底地離開，捨棄一些東西。即使是無能爲力的，縱使本來就不占重要地位的，或縱使是一些偶然。

夢裡的登山者爲什麼如此仇視我。我並沒有什麼特質值得對我賦予這麼強烈的情感。只需要揮揮手，我就會順從地遵守命令。我並不積極，尤其是需要競爭的時候。這當然不是說我樂於失敗。只是對面對面的競賽缺乏感動而已。倒不如是遊戲。但老是會有人用杖子在背後頂著，前進呀，前進呀，別輸了。

「對不起久等了。」

「走吧。」

「去哪？」

「不知道，跟著走吧！」

「去海邊。」

「就去海邊。」

「你要有自己的意見。」

「好吧！『我們去海邊吧！』」

「聽你的，去海邊。」

從來沒有人愛過我。雖然這不是我能控制的，不屬於我的職責範圍之內，但難免有點不安。我爲我的生命所安排的意象，似乎都是空幻的。那些構成生命的要素，表達生命存在樣態的模型，終究被證明是錯誤的，不眞正被完成的或多餘的。

唯一一個曾跟我說愛我的是一個從未謀面的筆友。她在很久很久之後離開了我。但事實如何卻從未被互相確認。

「如果有兩個女生同時喜歡一個男生，你猜他會選擇誰？」

「這是什麼爛問題？」

「咕嚕……」

「妳知道選了誰了？」

「啊！啊！」

我們坐上海邊的火車，離開山嶺越來越遠。是不是我犯了什麼錯誤，以至於連林間的徒步都喪失了。我把頭支在窗上，看著一排排樹木離我遠去，心裡不禁一陣悲傷。

從車站到海邊大約有三公里。我們花了三十分鐘左右，在一群房子和淡藍色水氣之間走著。混合著綠色圳水與遠洋水氣的味道，某些提取與交換的過程。路上有許多孩子拎著裝水的透明汽水瓶互相地追逐。這整個情境像是一口悠長的古井有著綠苔的井沿，許多人物、事件都充滿歷史的痕跡，消逝，死去。我一面想著所逃離的城市異化過程。或許現在世界上已找不到沒有異化的人類了。除非回到侏儸紀的恐龍時代。

我這樣想著，但並沒有說出來。這樣的話語太過幼稚，指涉性也太弱了。幾乎發現不到確切的具體殊件。大部分僅是對性質的描述。眞實的存在太不可思議，就像在此處。又過了一個小時，還是沒走到海邊。已經如此的近了，世界上所有的水都搖著旗子，或張著手在招喚了。但我們還是只體會到背著降落傘跳到井裡頭去一般的感覺。

「好累。」

「麵包、礦泉水。」

「你應該快樂些。」

「為什麼？沒什麼值得高興的呀？」

「所有的感覺都得訴諸於經驗嗎？」

「那倒未必。」

「嗯！」

「也有純粹的快樂或純粹的悲傷。」

「怎麼說？」

「它們的來源有兩種：第一是從過去逐漸累積的經驗形成一種屬於生命主體本身，不能分割的氛圍。我們現在所感覺到的情緒絕大部分由直接的事件引發。因果關係十分明確，有果就有因，這叫做充足理由律。但氛圍則不然。倘若一個被上述定義的氛圍所包圍，雖然不代表此情緒不具原因，但這原因必定十分模糊、複雜，以致於難以清楚界定出來。所以有人終其一生被憂慮所困，卻找不出任何原因。那往往不是中世紀的憑空想像，而是過度龐雜的曾經在他的心中像霧一般地融混，變得無法區別了。另外過去的事件由於太過久遠，已不能被回憶，所以在談論純粹的情緒時也不能被引為證據，只留下一團氛圍，瀰漫不去。至於近來發生之事，那就更不重要了。第二更簡單，有些人天生似乎就只隱藏著快樂或悲傷一種情緒。至少是在某一般時間，一種強烈的情緒特別容易被觸動。那麼什麼外在原因都顯得微不足道。這些人天生快樂，縱使沒有什麼事情，沒什麼觸發，他們的心情永遠像是一大早起床就會哈哈大笑一般。當然這和思考機制有關，但和歷史事件則無關。」

「好複雜。」

「我亂講的。」

「可是我從前曾當過第二種人。」

「是嗎？是哪一種？」

「快樂的那一種，可是現在煩惱好多噢。」

「很難想像。」

繞來繞去。東西都吃完了。還走不到目的地。我們逐漸遠離水氣，聞到溼林子的氣味和泥土的清香。現在已經走入羊腸似的山徑。可能是一開始就走錯方向，橫越了一座濱海的小鎮而不自知。也或許是鎮民善意的戲弄，一大早便提了好幾萬桶的各式水品，在空中、地面、屋內屋外、街道、招牌、牲畜、小孩子的衣裳上潑灑。製造了水氣的幻覺，誘導我們走入錯誤的路徑。而眞正的海邊，永遠無法到達，不是爲我和她存在。

我們在山徑裡走了一會兒，並不覺得疲累。但我看天色已晚，就坐下來歇歇，準備過夜。她停了一下，也坐了下來。我們並肩坐在崖邊，看著月亮像是由山谷底泅泳上來似幻出現。有些不知名的物體，或者是生命，窸窸窣窣地從懸崖的背面爬上來。他們穿過我們的身體，假裝刻意地張望著。我聽見他們互相詢問：「在哪裡呢？」

「什麼東西在哪裡？」她低聲地問我。

我搖搖頭表示不知道。

隨後他們便沉默地消失了。就像他們所找尋的已經收拾了一些雜物，悄悄地繞著彎走了似的。

「會不會怕？」

「不會，他們好可愛喲！」

「是我多慮了。」

「我們睡覺吧。」

「嗯。」

我閉上眼靠在樹上睡了。她把頭倚在我的肩上也睡著了。

到了月亮游到半空中的時候，我醒來了過來，發現她已經不在了。我站起來在四周找了一圈，終於確定除了懸崖下面，她大概沒什麼地方好去了。

我把手電筒拿出來往崖底照去，希望至少發現她的屍體。但是手電筒的光線不夠強，照不到底部。我有點失望，只好將它關掉放在地上。

「在幹嘛！亂照亂照的。」

「隨便晃晃。」

「對了，我要走了。」

「走了？走哪裡？」

「就是要走了嘛？」

另一個人影出現在她的身邊。

「我沒有迷路！」我叫道。

她微微吃了一驚，但馬上嚴肅起來。

「那並不會改變什麼。」

「會，會，沒有迷路，妳就不會離開我了。」

她微笑著，已經和那人走出一段距離。

「你錯了，無論你怎麼做，只要是『你』，我都會離開。」

「這對我不公平……」

她不答話，終於消失在我的視線之外。

光線射進我的眼睛，我再一次醒來。將手電筒放入背袋，一鼓作氣地跑下山去，穿過昨天的小鎮，跳上回程的火車。幾個小時後我回到學校，立刻跑去敲她住的地方的紅門。沒人應門。我打了幾十通電話給認識她的人，沒有人見到她，但每個人都好心地提供我許多其他的號碼。我不停地撥號，更多的號碼又出現了。

我也到十幾個她常去的地方找她。所換得的是更多她曾出現之處的訊息。我無法擺脫自己的偏執，找遍了每一處她過去曾到過的地方。有數百個不同的地點之多。直到我漸漸冷靜下來，終於能再也不懷疑她遺留給我的那幾句話語，以一種箴言的形式既確認了過去又預言了未來。

「有一天，我在右外野遇見了幾隻蜻蜓。他們在我的身邊飛繞著不去。我舉起戴手套的左手在四周圍揮了一揮試圖將他們趕走。似乎沒什麼功用，反而引來右線審的注意，還讓比賽暫停了一下，詢問我的狀況。我搖搖手表示沒事，只覺得教練一雙眼緊盯著我看。

這也難怪，當時的氣氛還算緊張。事關準決賽的爭奪，上場前已經警告我好半天了。他盯著我，一臉不信任的樣子。若非新來的右外野手大腿拉傷，我現在就不會站在右外野上。

但我倒寧願留在休息室裡。因爲這場比賽到目前爲止實在太無聊了。典型的投手戰，打到六局上半雙方都沒有人打出安打。甚至連穿過二壘的球都沒半個。兩方的打擊手都跟烤雞一樣，一點活動力也沒有。我放棄了擾亂那些蜻蜓們，教練也不再盯我，躲回休息室了。

這些蜻蜓見我不再驅趕他們，於是越飛越近，終於有兩隻停在我左邊的肩頭，一隻停在手套的頂端，一隻停在帽沿。這一下變成是我不敢動彈了。

那一瞬間的情緒非常微妙。我大可搖動身體把他們趕走，但我沒有那樣做。我忽然變得非常珍惜這個機會，讓蜻蜓們與我親密地共處。我對他們產生一種憐憫、保護、容忍的心情，我願意讓他們在我的身上爲所欲爲，順從他們的一切。

我看見投手不停地在投手丘上扶正帽子，似乎非常不安。然後他站定，投出，主審一個制式的三振姿勢。他很賣力，（不停地用手擦汗）但同時也得到很好的報酬，讓打擊手一個個消失掉。他盡他的責任，使比賽順利進行。有投才有打，有引擎車子才會發動，才用得著喇叭、方向燈、ABS防鎖定刹車系統及安全氣囊等等。道理是一樣的。

既然現在球賽不需要我這種方向燈操心，我乾脆和蜻蜓們聊起天來了。記得吧，這只是個故事：我說有一年夏天，我在家附近的水草地上空發現了好幾百隻的蜻蜓，他們橫越整個天空，稀哩嘩啦地飛過去，不一會又稀哩嘩啦地飛回來。我們一群小孩子都看呆了。那已經不再是蜻蜓了，根本就像是一場夢。無害的夏日傍晚之夢，在我們的頭頂飛越過去。夢具體地實現了。它展示了一種壯觀、一種眞實、一種承諾。好像是跟我們說，如果我們要愛一個人，就去愛他。這是一種可實踐化的過程不是遙遠的論說。我們隨著這群蜻蜓跑來跑去，每雙腳都踩得濕濕的。我們沒有拿任何的捕蟲網、彈弓一類的，只是來回地奔跑著不說任何一句話。直到發出巨大聲響的火車由我們的右側經過，我們停下腳步，所有的蜻蜓們都飛散了。一方面是天色暗了，我們也逐漸看不到蜻蜓們的飛舞。媽媽們來領走了我的伙伴。我落了單，便獨自跑到鐵軌上坐著。然後試著將耳朵貼在鐵軌上聽嗡嗡的聲音。不久我站起來，覺得左耳有點冷。我看看剛才的那片天空，星星已經出來了，所以就跑回家去。

在肩上靠近脖子的蜻蜓說，你說了這麼多，不過是兒時的幻象罷了。你不能再期待我們能給你這麼多保證、堅信、眞誠。我們偶然相遇，停留在你的肩上，那是因爲蜻蜓也會疲倦，也需要像你一般的、平凡的，至少部分誠實的人。但沒有保證的呀！

手套頂端的蜻蜓說，別太難過。你何其有幸，能見到眞理一度的展示。這眞理使你有了超越別人之處。你曾經經歷過以及你少數的伙伴，都會成爲世界上擁有最光明展望的人。

這眞理高懸在那裡，我們崇敬它，以我們的熱情。

左肩靠脖子的蜻蜓說，眞理，這一詞語太強烈了吧！它確實存在，並且給予我們這個朋友極大的震撼與感動，它給了他眞誠的訊息、信心，但對我們本身而言，並非我們個人所擔負得起的。對我們要求太苛了。那樣的眞理是我們所不能承受的。我們只是蜻蜓而已。

左肩靠上臂的蜻蜓說，是不能期待偶遇的，我的朋友。等你離開這個地方，再回來時我們剩下的部分就跟草是相差不多的了。那景象就連我也未曾見過。我們也未曾被教育爲此。就算我們能，想，但你能嗎？我的朋友，你能給蜻蜓們多大的承諾與保證。你曾展示過嗎？

我說，我不知道，只是你認爲這有努力的可能性嗎？如果我努力，終可以獲得一些或稍稍接近眞理嗎？如果是我一般的人，別試著安慰我，如果我做了保證、承諾，一切都會改觀嗎？

左肩靠上臂的蜻蜓說，我也不知道，有付出就有獲得吧！縱使只是偶遇，也有程度上的相知相惜吧！

我說，是嗎？我們的觀點似乎有點不同。不過還是謝謝你們。

球場上忽然起了一陣騷動，有人在叫我的名字，我猛一抬頭，一顆球正朝我的方向飛來。很高，似乎會很遠。我拔腿往右外野的最深處奔去，帽子飛落在地上。我跑到右外野的盡頭轉過身來，然後看著球在我的頭頂五、六公尺的地方飛越過去。

原本在我帽沿上的那隻蜻蜓現在悄悄地，單獨一人飛來我的眼前。她說，我愛你。然後輕巧地飛走了。

關於全壘打我是無能爲力的。這就是觀點不同的地方。

全壘打對右外野的好處是：永遠不用擔心被責罵。

所以我還有點慶幸。那投手投了五又三分之一局表現得很好，現在卻被換下場，讓別人來取代他的位置。這結果是很慘的，他最少是勝利無望了，更慘的是這一分就可能讓他吃下一記敗投。除此之外沒人會記得某年某月某日這傢伙投了五又三分之一局的好球。但這是他投的球，他有能力，有贏球的潛能，他得負責任。尤其是責無旁貸的全壘打。（此時大概不會有人責怪捕手的錯誤暗號吧？）而右外野手就絕不會因爲全壘打被換下來，因爲他是無能爲力的。

但右外野手的責任推卸乾淨了嗎？不。這場比賽我們終於以一比〇落敗，喪失了晉級的機會。比賽沒有了。雖然說右外野手這麼孤單卻也沒漏接半個球，沒有任何失誤，但球賽不爲單獨一人存在是很明顯的事實。因著那支在我頭頂飛越的全壘打，就好像是我雖然無能爲力卻還得負上失敗、淘汰的責任。就好像我得把荊冠戴在頭上，以顯示我是有罪的。大家都記得那是隻右外野全壘打，也都知道我是無能爲力的，但從不會有人安慰我說這不是你的錯，不要放在心上。反而剝奪一切屬於我的好處、優點，把我從比賽場上當成失敗者一樣地踢出去。這只是一個比賽，一個運動，九人制加上跑壘指導員的比賽。我試著說服自己，但沒有用，我只是個右外野手，再怎麼重要都只是個方向燈，一旦發生擦撞，最容易毀壞的那一部分，我單獨地在右外野，消息的來源只簡化成來自內野的暗號。只有當車子發動時我才有用吧！我這樣想。

還是有眞正偉大的右外野手，除了全壘打外，他們會更像勇敢的愛斯基摩人，在冰上跑來跑去。

問題就在於全壘打，一位與我同輩的偉大右外野手是站在處理比賽的觀點，而壞的右外野手則站在歸咎投手的觀點。一旦我們採取前一種觀點，那麼沒有一個右外野手會輕易釋懷，對自己心安理得的。

這就是爲什麼我的心中無法平衡的緣故。或許是因爲我當了太久的右外野手，已經不願意再一個人孤獨了。

當然，在我心裡縈繞不去的右外野情懷是不適用於職業球賽的。不可否認這情愫絕大部分是起源於幼時的遊戲式球賽。遊戲的原始性，才是眞正包圍著我，憂鬱我的最終原因。外野手本就屬於邊疆性質，這早就可從防守的範圍看出來。遠離核心，擔負著既重要又不重要的矛盾守備關係。其重要性在於外野手爲球賽的最後一道防線，不論球多遠，都得把它弄回來。（請注意此指遊戲的原始性而言）其不重要性在於遊戲性球賽的重心多在內野，絕大部分的球都會在內野處理掉。就算在外野處理的球到最後也一定得傳回內野執行決定性的幾項工作，例如刺殺、封殺、球賽重新開始等等。

邊疆性質在右外野手身上最爲明顯。幼時的遊戲式球賽所能擊出的外野球已經夠少了。而能擊到右外野的球更少。在那個普遍缺乏右線審，缺乏暗號的年代裡，右外野手跟掉在冥王星上的人造衛星沒兩樣，永遠無人問津。在人手不足的情況下，那時整個右外野一片空曠，草長得似乎特別快。我遇過好幾次這樣的情況。當我半蹲在內野，趁著空檔轉頭回去看時，就感到一陣灰心。

隨著年齡漸長，才知道有許多將球準確打到右外野的技巧。但那種已經深植我心的原始性，遊戲式的特質並沒有辦法改變了。我只要一走出球員休息室，走向右外野，那些幼時的記憶就又統統跑回來集合，塑造我右外野手的型態。

但是如何在複雜的事物中見到細緻的閃光？比賽結束之後我退出球隊再也不願意回球

場。大約是兩年前吧！我要永遠地離開這地形複雜的山谷，徹底割裂我對它的依戀。那時候的我只能以河流的方式談論自己，根本無法體會像海洋公園的憂愁那樣的事件，我知道現在我不離開球場，總有一天教練會當著我的面插上一個稻草做的守備員，然後說，如果你的命運只是和蜻蜓們說說話，那麼這傢伙會讓蜻蜓們更快樂。

我偶爾站在宿舍的頂層遙望這座球場。看著人來人往。看著小小的球員們繞著球場跑。倘若剛好遇到比賽的日子，我就習慣性地盯著右外野的方向。看今天的右外野手處理的比賽的情形。

能夠在遠處眺望，不必流汗眞好。甚至可以來上一段評論，卻不必負任何責任。有時候在球場旁邊經過，遇見了舊日的隊友，微笑地打了招呼。偶爾聊上幾句近況，他們會說，怎麼不回來打球了呢？我笑了笑，總答不出話來。我是不是該跟他說當右外野手太孤單了，我很害怕。他們大概會認爲我太多慮了吧！最不諒解我的隊長在後來也對我採取了憐憫的關懷。他說，你是個好球員，盡責任、守紀律，雖然球技不是頂尖，倒也不壞。說實在的，你退出球隊，對球隊而言沒有更好也沒有更壞。但對你本身來說不是太殘酷了嗎？你不打了十來年的球了嗎？再堅持一陣子，你能搞得不錯的。

我很感激隊長的這一番話。我謝了謝他，就走了。

隔了一段時間之後，我開始反覆作一個夢。並且順著這個夢經歷了一些事情。但那些事情本身已經無關緊要。重要的是如何在複雜的事物中見到細緻的閃光。我在經歷中受到教訓了嗎?我想是有一點。我學習到一兩句只在我身上反省的箴言。

二年後的我，現在在這裡，趁著不是球賽的季節，重新回到球場。我在期待些什麼呢?熱鬧的開幕典禮亦或是勝利的繞場?我想我有點失去控制了。我不記得邀請妳來此地。這似乎沒什麼意義。當我在球場上走著，只是保持著優美、冷靜的心靈，也未曾打算在此過上一夜。就算是被關住了，也只是物理性的囚禁，絲毫不會撼動什麼。

但是現在我困惑了，從踏進球場開始，就好像是踏進從前我戰鬥過的古戰場，幽靈們纏繞著我，我竟然還有點英雄的自得，像在巡視什麼似的。新的蜻蜓們已經不認識我了。舊日的已經化爲右外野的草了。我還想試著招來蜻蜓呢!眞傻，再也不會有蜻蜓會屬於我了。我離開太久了。結果回到原來的問題，我重回球場做什麼?我在留戀什麼?

我的球技已經生疏，不會再有球隊願意接納我。尤其現在競爭越來越激烈，其他像我這一輩的球員早就穩定地固守一方。球隊寧願由新人培養起。就算球隊接納我，我也沒有上場的信心了。現在新戰術變得好多，我連當個旁觀者都覺得吃力。

那麼，我還在期待什麼呢?

好了，故事說完了。眞累，妳滿意了嗎?」

「不再愛人了嗎?」

「許久沒有考慮這個問題了。」

「總之是個好棒好棒的故事。」

「謝謝，我的榮幸。」

她又躺了回去，仍舊依在我的肩上。

「懂得如何看星星嗎？」

「不太懂，只看得出獵戶座和北斗七星。」

「跟我一樣。」

「不過我有個星座盤，下次再帶出來。」

「可不要再被關在球場的時候。」

「是啊，太孤單了。」

「不是因爲孤單啦！哪有孤單！」

「不然是因爲什麼？」

「反正不是孤單啦！我不會講啦！」

「是妳講錯了吧！」

她不再說話了。眼睛盯著天空發呆。

隔了好一會。

「你為什麼要成為這樣的人？」她說，「一孤單下來就變得很憂傷的人。」

「並沒有刻意要變成怎樣的人呀！」

「難怪沒有人願意和你在一起。」

「是我的錯嗎？」

「不然應該怪誰？」

「不知道。事情與事情之間會有某些關連吧！」

「話老是說一半。」

「已經講太多了，不能思考了。」

「是嗎？」

「妳為什麼會來呢？」

「剛才不是問過了嗎？」

「記不得呀！」

「好吧！有一天我和一個人到某個地方去旅行，原本打算去海邊的，結果走到一座山裡頭，當然我們是沒有迷路的。

我們在山崖邊遇見了些奇妙的事情，但我並沒有感到害怕。後來我們靠在一起睡了，一直到月亮游到天空中央的時候，我忽醒來，發現我身邊的那個人不見了。連背袋也不見了。

我變得害怕起來，到處找他。我曾想過他會不會連著背袋一起掉到崖底去了。可是沒有手電筒也看不見。

我只好一個人待到早晨才找路下山。我不知道他爲什麼要這麼走了？他並不是那樣粗心大意或是會不告而別的人啊！他從來就是値得信任的啊！我懷著惴惴不安的心回到學校。我只是覺得疑惑，並沒有要責怪他的意思。

回去以後馬上忙著一些事情，許多地方跑來跑去。打了幾通電話，但是沒有找到他。然而有一段很長的時間總是有這樣的情形：我回到家正要開門的時候，聽到微弱的電話鈴聲。等我打開門，卻只是一片空白。許多人見到我之後都跟我說有人打電話找我，他們都告訴那個人在哪裡可以找到我。所以更多的電話在我離開，或將到的時候響起或消失。四周都是電話鈴聲卻沒有機會拿起任何一支有用的話筒。不久，有很遠很遠地方的朋友來跟我說，有人在打電話找我。電話的距離越來越遠，越來越遠，終至逸失在我的領域之外。

也有的時候，我剛到一個地方，就會有人告訴我剛剛有人來找我。或者是有人等我等了好幾天，一分鐘前才剛離開，也有時候我離開一下子，幾分鐘後發覺忘了東西，回頭過來拿時，那地方的人會跟我說就在那幾分鐘之內有人來問我是否來過。我只是聽了，也只好走了。

我知道他在呼喚我。但因著某種神祕事件的安排，使他無法達到目的。我想他如果持續下去，一定能夠打破這神秘的安排。可是他停止了，停止了他的呼喚。使我好難過。但這不是他的錯，我想，所以我決定要回應他的呼喚，來到屬於他的領域。」

「妳愛我嗎？」

「你說呢？」

「觀點上的問題吧！」

「問題是如何在複雜的事物中見到細緻的閃光。」

「眞調皮。」

「啊！」

「什麼事？」

「沒事。」她細細地笑著。

有什麼問題被解決了嗎？我想是沒有。

但是今天多少是舒服的一天。就像是檸檬色木桌上，放著新熨的內衣。

身邊的她已經睡熟了，圓圓的臉孔浮現著滿意的笑容。我將她的頭微微抬起，然後將手臂伸過去，輕撫著她散亂的頭髮，感到一陣異樣的幸福。

在微弱的星光之下，那兩名黑衣的高大情報員又出現在我腳底不到一公尺的地方。他們仍然默默地凝視著我，沒有任何進一步的移動。

雖然我也凝視著他們，但這一次並沒有恐懼的感覺，也不想睡眠。當中沒有對抗的僵持，反而有一種熟悉的友誼似的。於是我向他們微笑，感謝他們總在我最困惑的時刻出現在我的身旁。

他們也笑了。那笑容就像是：收到您的訊息了，謝謝您。

然後他們就消失了。

所有的壘包都在原處。左外野也未曾長出一片林子。四周一片寂靜。這時候蜻蜓都到哪去了呢？算了？他們已經不認識我了。

如何做一次成功的觸擊短打。雙盜壘時有何重要的注意事項。繁雜的暗號內容仍記得清楚嗎？如果跑壘指導員的意見和自己不同的時候該怎麼辦？這是個值得深思的問題。

到天亮還有一段好長的時間。或許我可以好好地思考一下。

……輯下……

SHANOON海洋之旅

曾經在家裡附近的沙灘上撿到一個瓶子。無色透明，長著很好看的曲線的瓶子。瓶子裡有一張照片。雖然並不是很容易好奇的人，不過終究打開軟木塞把照片拿出來。現在距離我離開家的時間顯然是一段很長的日子。幾乎遺忘了所有的事情，也被逼迫著拋棄了許多東西。但是令我自己訝異的是，那張照片直到前兩年好像還在什麼地方看過。那樣子的時候，也就隨著記起一些家裡的物品。至於瓶子的下落則完全沒有印象了。軟木塞也是。

幾天前我坐在剛做完人工流產的女朋友的床邊凝望著她時又想起這件事。由於一直在考慮要不要留下孩子，所以動手術時已經是很急迫的時候了。她的身體本來就很虛弱，大量失血的情況使她差點送了命。

她勉強睜開眼睛看了我一會，我伏身吻了她的嘴唇，她又閉上眼睛。我站起來，走到陽台去看十二層樓之下的車流。

我設法記起那張照片的景象，結果只記起撿到瓶子那天夜晚的情形（一個有卡爾維諾描寫的月亮的夜晚。）和一些當時單純的想法：總是有某個原因，才會使這個安放妥當的裝置出現在我的面前。或者不管是不是我所應得的，至少是一種信息的模式，所以所應追究的是信源的問題。

我回到房間，看見我的女朋友靠牆壁坐著。她下半身蓋在乳白色的毛毯裡，上半身只穿著淡藍色的胸罩。我走過去，解開她的胸罩然後輪流吸吮她的乳頭。她微微地顫抖，並發出細緻的哼聲。

所謂巨鯨之島，顧名思義便是以一條巨大的鯨魚做爲棲身的島嶼。不過這裡所說的巨鯨與其他常被誤認爲小島的鯨魚不同之處，就是牠實在太過於巨大，以致於居住在上頭的人們連海洋是什麼都不清楚。對他們來說，最接近海洋此一詞語所意涵的，是那一道每隔兩年會高高噴起的龐大水柱。附近的居民會計算好噴出的時間，事先將船隻放在漁會規劃好的地點上。水柱會維持幾個月，所以每艘船都裝備了充足的糧食與飲水以便長期在水柱上捕撈豐富的漁物。不過在水柱上升與下降的過程中，免不了有些不幸的船隻會因爲停泊的地點不當而摔毀。因此漁會近年來嚴格規定可航行水柱的船隻，並嚴懲非法進入危險區域者。但是由於私人潛艇的增加，水柱內部的航行辦法便受到了挑戰。

經過長久安定的生活，終於到了巨鯨要沉入海底的日子。島上的河流開始上漲。某天傍晚，居民見到了海洋不禁大吃一驚。教堂中擠滿了失去控制的人們。某位島上的長老偶然記起先人的訓示，但只是一些片段使他不敢確信即將發生的事實。在不驚動眾人的情況下，他偷偷地走到最臨近海洋的地方，（即使他也不曉得如何稱呼在他面前的景象。）投下一個裝有求救信息的瓶子。同一瞬間，一波狂疾的海浪將他捲進海洋裡。

如果要繼續思索那張照片便要針對信源的問題。或許巨鯨之島可能是其發出的信源。但對於一個在海洋上漂流的瓶子來說，信源存在的可能性實在太多了。在我們尚未釐清海洋的本質之前，一切的推測均屬冒然。對海洋本質的忽視其結果便是災難。這用奶油刀子號的例子來做爲思索的基點無疑是合適的。

海洋的本質必須由眞實與虛構兩方面來討論。以加裝蒸氣機的三桅帆船奶油刀子號而言，她的滅亡不在於其爲冰山圍困的事實。（每一次海洋上的災難都有其不可抗拒，但可以自然科學解釋的因素。）眞正的關鍵是本質的問題，其爲海洋之所以毀去某些人爲景致的原因。

奶油刀子號的遭難一般被視爲供煤站設置普遍不足的證據，尤其在北冰原海域的地區鮮有設置供煤站的。當拓荒的船隻如奶油刀子號，在缺乏煤料的情況下要強行通過此區域時，勢必會遭受冰山群的追擊而無法擺脫。

但是由這種角度來看奶油刀子號的災難太簡單了。在某些宗教與哲學裡，經驗層面的事實只是虛幻的，或可以說是一種試煉。長久的海洋生活最能體會到這一點。所以供煤站的設置和冰山群的圍困並非災難的根本原因。那些事情只是變化不定的幻象，是稍縱即逝的意志。

根據《白鯨記》，每一個生活在陸地上的正常人都會有一段時間極度嚮往航海。對慣於陸地的人們來說，海洋不僅是一新的空間，更是一種新的思考模式。人的心靈受到了引動，準備尋找一艘合適的船，航行到海洋之上，過一種新的生活。

這是海洋本質眞實的一面。但只是個開頭、一個前提。它只說明了觸發的動機，還沒有解釋建構。隨著海洋生活的開展，人們逐漸拋棄陸地式的思考，心中只想著如何與海洋共存、如何征服海洋、如何賄賂海洋。人們的心靈只剩下海洋的景致，再也容不下其他的想法。就如同人們的眼睛只能汲取無窮盡的海色一樣。

人們沒有選擇，海洋成為丈量人們心靈的尺度。不論人們做什麼決定，或突發奇想某個哲學思辨，都必須先用海洋的景致、內容與型式來衡量一番。她眞實地反映在我們的理路、話語、行為、情緒。所以說，在這一方面，海洋是以一種模型的建構成為人們的一部分。每個人雖然都是獨立的個體，但卻遵行著同一模型行事。在和平的時候，人們藉著同一模型互相溝通了解。然而一旦引動人們的海洋突然產生巨大變化，超出人們慣用的模型之外，個別的心靈便在無法調適下崩潰了。相互的溝通自然不可能達成，所以恐懼與驚慌便由此產生。奶油刀子號遭難的眞正原因在眞實的面向上正是人們自己心靈的局限性。海洋的本質正在人們自己心靈之中。

其次，上述的眞實面也會有虛構的片面。其具體的證據便是人們使用的航海圖。（當然反過來說，虛構的便也有眞實的片面。）雖然人們必須實際面對海洋，但卻絕對少不了一張精確的航海圖。它只是一張紙片或皮革，上面有許多直線、曲、星號、一些交點。這些東西都只是符號、標誌，是虛構的，不會出現在眞實面上。然而在航行的過程中，人們有哪個時候不是將它視爲海洋的本身。否則人們看不到目的地、不知往何處去、不知身在何方。它幫助人們避開暗礁，找尋到貿易港。它超出人們的智力之外，彷彿是眞理一樣地指引著人們。海洋的本質確實呈現在航海圖上。虛構的成份加深了本質的眞實性。

不可否認，海洋的本質是等待人們去發現的。每一張航海圖都是許多先驅者冒險犧牲的結果，他們所累積的帶給後輩多大的幫助。但是，畢竟這是「人」的，而非「海洋」的。海洋的本質只顯現了極小的部分在這些成果上，最大的部分正是吞滅奶油刀子號的部分。這也是最令人悲傷的部分。當我試著討論本質性的問題時，是依據了人自己長期的奮鬥，所以多少可暗示一點不易的眞理。但事實卻是，災難的不發生只是海洋的慈悲與憐憫。人爲的虛構終究是不足的。因此，奶油刀子號的遭難是無知的結果。至於那些被知道的反而不是。無知並不具負面的意義，而是描述海洋本質的中性詞語。

以此爲基點，信息的解譯不得不在眞實與虛構中辨證。這也正是思索那張照片的路徑。

女朋友的哼聲越來越尖銳。我怕她剛動完手術的身體承受不了，便把嘴移離她的乳房，伸手拿了紙巾幫她把身上的唾液擦乾淨，穿回胸罩。女朋友喘了一口氣並用手撫摸我的頭髮。

她美好的腰和臀部深深吸引著我。而且她可能是我認識的幾個女朋友中對胸罩最有品味的。雖然她的乳房是很普通的那一種。不過她所挑選的胸罩卻都展現了超乎乳房本身所能想像的能力，使她整個身體康德式地壯美起來。也就是如果她願意穿著她挑選的胸罩站在我的面前，而我卻不去進入她的身體，便是一種對她的褻瀆。當然這是比喻上的壯美而不是眞有一個壯美的物體。

順便談一下肩帶。

肩帶的顯露是一個私密世界的暗示。假如將穿戴在女人身上的胸罩比喻爲海洋，（尤其適合我的女朋友。）罩杯是深海的部分，而肩帶則是一百公尺以內的淺海。在那裡，仍然與深海有所關連，但卻是一個截然不同的區域。那裡有光線、有綠色的植物、穿得跟熱帶魚一樣的觀光潛水客。肩帶顯露的本身表現了女人最具魅力的、乾淨的特徵之一：肩膀，造成一股流行的風潮。然而更吸引人的是它所暗示的私密世界，那是一個如充滿未知的深海一樣，並非每個人都能窺見的世界。（正常的話是如此的，不過正如同潛水工具的進步，所謂私密的世界越來越容易被窺探了。）

我搖搖頭，起身到廚房煮咖啡。聽見她又鑽回毛毯的聲音便向她望了一下。

我眞的愛她嗎？不。她是一個柔弱的女人，但卻曾背叛過我。而且一直保持著「即將背叛」的姿態。我渴望全心地愛她，但若不無盡地折磨她，則像是會立刻死去的樣子。一切總結來說是一系列複雜的理由。若以奶油刀子號的事件爲符碼，這一系列複雜的理由可編譯如下：

奶油刀子號從來沒有一次在教會的祝福中出發。那是由於奶油刀子號從未善盡航海者的天職。其滅亡是一種原始力量的懲罰，即愛的缺乏的最終結果。奶油刀子號從未對海洋付予尊敬。她什麼事都做：捕殺抹香鯨、掠奪老實的商船、深入沒人到過而爲神所眷顧之處大肆破壞。海洋成爲某種競技的場所。奶油刀子號忘記，海洋是目的的本身。她的行爲應是爲彰顯海洋的存在而存在，而非是海洋爲彰顯她的存在而存在。奶油刀子號把英雄式的行徑尊爲人類的頂峰，卻忘記這些行徑是由污蔑海洋的偉大而得到的。所以海洋之上沒有英雄只有盜賊。盜賊是缺乏愛的，也不會被祝福。

而且，奶油刀子號甚至試著在海洋上建立自己的紀律。使她成爲某座，小小的海洋宮殿。這不是一種弔詭嗎？奶油刀子號爲了擺脫、對抗人世間的紀律才航入大海之中，寧願由海洋的寬大來統治。但奶油刀子號卻又用一套更狹小的紀律來約束自己。連身爲不得不身爲的盜賊也無法得到像星空與海洋交界那般遼闊的解救。連行惡事的本身都得受到約束。

設法去援救奶油刀子號不僅是與海洋的正面衝突，同時會陷入弔詭的糾纏。援救的不可能，奶油刀子號既無能自救，（洞悉上述的原因。）則滅亡是必然的。

這種痛苦的情形從知道她懷孕開始急遽升高。不願在此時結婚是我們的共識。但是不是留下孩子卻引起很大的爭議。我不認爲那個孩子是我的。就算到現在我還是這樣懷疑。我並不討厭她懷了孩子，雖然我仍然會希望她拿掉免得增加雙方的困擾，但是倘若那眞是我的孩子，我或許還會溫和一點。或許有一點點哀傷。不過從頭到尾我幾乎都充滿憤怒的氣息。如果不殺死那個小孩，就連同她一起殺死。若上述兩者都不行，就只有自己死去。

我想重新記起照片的事情不僅是因爲它本來就一直困擾著我，也因爲它是如今唯一讓我和家鄉還有聯繫的物件。我從小便生活在海洋的氣氛裡頭，但是離開家鄉之後便像住在內陸

INK PUBLISHING

讀者服務卡

您買的書是：＿＿＿＿＿＿＿＿＿＿＿＿＿＿＿＿＿＿＿＿

生日：＿＿＿＿年＿＿＿＿月＿＿＿＿日

學歷：□國中 □高中 □大專 □研究所（含以上）

職業：□軍 □公 □教育 □商 □農

□服務業 □自由業 □學生 □家管

□製造業 □銷售員 □資訊業 □大衆傳播

□醫藥業 □交通業 □貿易業 □其他＿＿＿＿＿＿

購買的日期：＿＿＿＿年＿＿＿＿月＿＿＿＿日

購書地點：□書店 □書展 □書報攤 □郵購 □直銷 □贈閱 □其他

您從那裡得知本書：□書店 □報紙 □雜誌 □網路 □親友介紹

□DM傳單 □廣播 □電視 □其他

您對本書的評價：（請填代號 1.非常滿意 2.滿意 3.普通 4.不滿意 5.非常不滿意）

內容＿＿＿ 封面設計＿＿＿ 版面設計＿＿＿

讀完本書後您覺得：

1.□非常喜歡 2.□喜歡 3.□普通 4.□不喜歡 5.□非常不喜歡

您對於本書建議：

感謝您的惠顧，為了提供更好的服務，請填妥各欄資料，將讀者服務卡直接寄回或傳真本社，我們將隨時提供最新的出版、活動等相關訊息。

讀者服務專線：（02）2228-1626　讀者傳真專線：（02）2228-1598

廣 告 回 信
台灣北區郵政 管理局登記證
北台字第15949號

235-62
台北縣中和市中正路800號13樓之3

印刻出版有限公司　收

讀者服務部

姓名：＿＿＿＿＿＿＿＿＿＿　性別：□男　□女

郵遞區號：＿＿＿＿＿＿

地址：＿＿＿＿＿＿＿＿＿＿＿＿＿＿＿＿＿＿＿＿

電話：(日)＿＿＿＿＿＿＿＿＿＿(夜)＿＿＿＿＿＿＿＿＿＿

傳真：＿＿＿＿＿＿＿＿＿＿

e-mail：＿＿＿＿＿＿＿＿＿＿＿＿＿＿＿＿＿＿＿＿

INK

裡似的。尤其是我最仇恨我的女朋友的時候，簡直像是在沙漠中待了一輩子。然而最令我害怕的是，沙漠的景致逐漸取代了海洋的景致，顯示出極端的相似性。我開始習以爲常，就像開始習慣叫繼母爲媽媽一樣。

安吉爾沙漠的落日依舊嗎？在撒克斯的遺址那裡降下，然後夜晚的巫師就套著黑衣飛出來。這時候大家就躲回帳蓬裡生火煮乳酪湯。不久，會開始飄一層薄薄的雪。偶爾要用棍子頂一頂帳篷表示驅走寒冷的神祇。

但是北冰原海域比安吉爾的午夜還冷好幾倍。雖然每一個停泊的港口都可以通往安吉爾，但每一條路都遠的像聖里依陵小徑。如果從漢斯特港前去，（奶油刀子號的註冊港。）光搭鐵道車就要花去一整個捕鯨的季節。奶油刀子號是不能等的。

其實安吉爾只是海洋在陸地上的延伸。在安吉爾，人們有三桅的風帆車。假如裝上小一點的蒸氣機，就和奶油刀子號一樣了。在安吉爾，流沙坑與漩渦一樣神秘。在安吉爾，人們每隔一段時間便要搭風帆車遷移到有埾羊群的地方。有時候會遇到可怕的風暴，有時候一覺醒來四周全被巨大的沙丘包圍，什麼也見不到。這和奶油刀子號所處的情境有什麼不同呢？做爲海洋在陸地上的代表，安吉爾算是稱職的了。

我把煮好的咖啡遞給她，她坐起來卻不伸手過來接，我遲疑了一會，哄了她幾句但沒什麼效果。她裝著一個生氣的臉，手平放在兩腿間的毛毯上。所以我把兩杯咖啡都喝了，（不過因爲很燙因此也不能假裝很有個性地一口氣喝完。）然後也坐著不動。

就這樣耗了一段時間，她先拉拉我的手表示和好。可是我眞的非常厭惡。這同時表示我必須花一會功夫問她爲什麼生氣，接著又要花一會功夫去安慰她，告訴她這不是她的錯。她也會說這不是我的錯，所以好了，兩個人都沒有錯的歡欣結局便產生了。就像宗教節日那般歡愉的相聚。但是這一次我沒有問。她顯得有點失望，不過終終把頭躺到我的小腹上，似乎是完全屈服了。停了一下，她伸手拉開我的卡其布長褲的拉鍊。當她的舌頭伸出來的時候，眼神也轉爲令人難以置信的悲傷。

那種悲傷的眼神我已經見過太多次了。或者說，如果順著那些眼神依序審視過來，簡直可以構成我生命的大綱。而且這還必須從我拾到瓶子的那個夜晚說起。因爲在那天夜晚，我才知道那樣的眼神是什麼意思。

那天夜晚的稍早，港警所通知我們去認姊姊的屍體。値勤的警員說她可能是失足落水死亡。但每個人都知道，個性文弱的姊姊是全市女子混合式游泳賽的亞軍選手。後來又改口說可能是喝醉或受暴後被推下水的。不過姊姊身上沒有任何外傷，衣服很整齊，面容也很安詳的樣子，更不用說測得出酒精反應了。至於自殺，除非姊姊腳上綁上一千公斤的鉛塊，否則她就跟保麗龍球一樣，即使她躺著不動，也沉不下去。何況姊姊的屍體是在平靜的港口內發現的，並沒有長久浸泡的特徵。

總之，姊姊就在什麼原因也沒有的情況下死去了。（連溺斃這個最終結果也非常可疑。）我們把她的屍體暫放在港口醫院的冷凍庫裡，然後分頭去辦必要的事情。我負責打電話給姊姊的大學導師和她幾個比較親暱的朋友。其中有一個女生跟我說不要太難過。她說她知道我們姊弟的感情很好，每次姊姊在朋友的面前提到我時就一臉幸福的樣子，像是在談自己的男朋友似的。說完她嘩啦啦地大哭，並且罵了一些別人聽起來很窩心的話。

姊姊和我發生過兩次性關係。一次在某個風景區旅館，一次在家裡。爲什麼會發生這種事及當時說了些什麼已經完全忘記了。我唯一能確定的是，姊姊和我都是在很清醒和很甜蜜的情形下做愛的。

打完電話後，我在醫院裡漫無目的地走著。不久我站在婦產科的走廊上面對著一面落地的全身鏡。我看著鏡中的自己，想著假日姊姊從島北回來和她找機會親嘴的景象。然後就看見那樣的眼神在我的臉上出現，像是本來就在那裡，忽然發現的感覺。

我走出醫院，走向沙灘去。途中還遇見一個姊姊的女朋友正要去醫院。

沙灘上除了我之外只有一對男女牽著狗散步。月亮大得像要掉到海裡頭去。我沿著沙灘的弧形一直走了一個小時左右，走到沙灘與岩岸交會的邊緣。回頭想走回去時看到了那個瓶子。

邊緣的城市。

有時候在早晨的霧與波浪的邊緣。有時候在天空與水平線的邊緣。有時候，在提琴手蟹廢棄的地下通道裡。那是高潮線與低潮線的邊緣。

也曾於虹與崖岬的邊緣。漩渦和洋流的邊緣。當然，暴風與海嘯的邊緣也有幾次。人們將眼光望向海洋的某一處。很有可能一不小心便窺視了她的祕密。有關於情緒洩漏的祕密。

沒有辦法表達明確的情緒。大部分都處於模糊，不願去傷害別人的邊緣。即使是在最瘋狂的時刻，也要保持中立的態度，不使自己成爲狂暴的一份子。細細地找尋她的存在，在抬頭與俯首之間，在眨眼與睜眼的邊緣。她的顯現唯有偶然和不經意才能界定。

但是如果認爲她是一座飄忽不定的城市，那便是一種誤解了。因爲她一直在那裡，是海洋改變了，是人們的眼光改變了，是人們的情緒改變了。

然而，必須承認的是，她本身並沒有居民。或者說，每一個窺視了其祕密的人都成爲她的居民。但，對窺視了其祕密的人而言，由於無法窺視其他窺視祕密的人所窺視的祕密，因此每一個人在此城市中永遠都是孤獨的居住者。

而且絕大部分都十分短暫。

邊緣的城市。

瓶子隨即被潮水帶離沙灘。但不久又漂回原來的地方。動作一直重覆著。我站在離它停下來的地方一個腳掌遠之處看著。某一刻我看見瓶子裡有張紙片。雖然沙灘上常漂來雜七雜八的東西，不過瓶子既乾淨，又透明，軟木塞的質料也很高級，所以很難當成一般的垃圾忽略掉。終於我蹲下去把它拿起來。

我費了一番功夫才把軟木塞拔出來。將紙片倒到瓶口，用指尖稍微捲一下，然後拉出來。

現在是關鍵的時刻：我把紙片展開，發現是一張照片。但是，照片上是什麼？是否寫了字在背面？雖然當時的想法記得一點，但照片的內容與對其的感覺卻已經喪失了。此刻，仍無法記起。

我把女朋友的頭推開，拉上拉鍊，再把她的頭擁到懷裡。她開始哭泣，眼淚將我的衣服下半部都弄濕透了。我無話可說，只好拍拍她的背。儘管我是個殘忍的人，還是無法承受女人的哭泣。事情到此便會結束。以眼淚做爲結尾的話，我絕對沒有辦法。即使知道這是個一切依循軌道進行的陷阱，還是會重覆地掉進去。不過這時候反而不會抱怨。我不願遺棄我的女朋友，以使我有更長的時間折磨她。但事情都有階段。每一階段有開始，也有結束。如果迫不得已。以她的哭泣來結尾倒也不失爲一個好辦法。

或許等她遺棄我會好一點。但是時間過去了，雖然「即將背叛」的姿態仍然清楚，我所期望的並沒有實現。我們表現甜蜜與撒嬌的話語與行爲依舊。一日一通電話、一個星期一封情書也都很正常地運作。但假使拋掉這些，便什麼也不會剩下來。

有許多沉沒大陸的傳說，也就有許多海底的帝國建立起來。

亞特提帝國在三百二十五年前統一了這些傳說中的帝國，征服了綿亙數個大海洋的領土。甚至連陸地與潮汐邊緣的國家都要對其表示臣服。

作爲一個以傳統形式統治的帝國自然擁有強大的軍隊、龐雜的官僚制度、喜歡射殺奴隸的君主與數量多的像南冰原蝦一樣的貧民。

但這些形式的統治的眞正本質是依賴某一主宰的命令。此無上的命令被約化爲一人世的符號，它出現在徽章、旗幟、儀仗與官方文件之中，整個統治的架構便依此建築起來。帝國的一切大小事物都必須照此架構來衡量。

在經過了一、二百年強盛的時代之後，亞提特帝國如今也沒落下來。這種沒落在表面上看不出來，幾乎可以說帝國本身並沒有任何變化。精美的雙頭鮫徽章依然懸掛在每一戶人家的門楣之上，而燙著金邊的官方文件也繼續在各地通行著。沒有叛變，沒有新增的稅則。所有的英雄都是一百年以前的人物。

所有的標準都在原處。但至於這些標準的意義、背後的精神是什麼久已被人遺忘。帝國不再有仁慈、眷憐，甚至連征服、優越理想的屠殺都消失了。當鄰近的國家談起對亞特提帝國的印象時，都只能在其發出的官方文件說詞上打轉。

我將照片放回瓶子裡，軟木塞也塞好。又蹲了一會才起身走回去。走回去的時間與走來的時間差不多。但由於特別在想一件事情，所以好像一下子便走完了。

醫院裡來了兩個姊姊的女朋友，幾個鄰居。姊姊的頭露在冷凍庫外面，好奇怪的樣子。大家向我寒暄幾句後，又圍成兩個小圓圈一面低聲說話，一面擦眼淚。沒人再去理姊姊。

認屍的時候沒有機會摸摸姊姊。趁現在沒人管我，我走過去摸她的臉。當然是很冰冷，不過還有一點彈性。她姣好的面容如昔。薄薄的嘴唇、端正的鼻子、闔起來感覺像甜果凍的眼睛、乾淨細緻的耳朵。左耳的耳垂上有一顆紅色的小痣。我的手在她的臉上滑動，有時用手心，有時候用手背。每一處彎曲、陷落、突起都很親切和熟悉。就好像她要是偷偷地咬了我的手指，也不會太驚訝的程度。其實我想把姊姊從頭到腳摸一次，但我不是那種會做特別讓人覺得詭異的事情的人，所以便放棄了這樣的念頭。即使我不會覺得怎樣，還是不做的好。

我把姊姊推回冷凍庫去。拿著瓶子走到房間外頭坐在走廊的椅子上，又把照片拿出來看。大概是忽然間吧，我瞭解到我對姊姊的愛是怎麼一回事。似乎是照片經過解讀之後，得到了些什麼。

主帆卸下了，我的愛
廚子熄了爐子
我的愛
想親親妳的肩帶

郵船在曼紐英海峽送來妳的信
我的愛
當夜晚來臨時
便藉著舷邊的螢火
守靈般地閱讀

並想念著妳的肩帶
像一個掘屍者，我的愛
在紙面上挖掘
檢索
細察意義的骨架
想親親妳的肩帶，我的愛
願逆戟鯨吞滅我之後
也吞滅了妳

那是一個零碎的夜晚。即使是眞的得到了某些信息，也都是片斷的，像是不良的發報機傳來的東西。什麼想法都有一點，但都不屬於可以保留的那種。有一些偶然留下來，但對現在記憶照片沒什麼幫助。

一兩個鄰居先回去了。接著姊姊的兩個女朋友也走了。爸爸來了一下，不知道說了些什麼又走了。然後所有的人都走光了。來了一個矮黑的掃地工不停地掃椅子下的灰塵，像是永遠掃不完似的，弄得嘎嘎響。那時候或許已經很晚了。我到底坐了多久了？冷凍庫的燈光比走廊的還強，在我的左前方形成一片白影。掃地工也走了。終於安靜下來。

姊姊死去之後，我連表達意思都感到恐懼。她什麼話也沒說，沒留下任何一句話地死去。不需要思考，不需要理性及解釋地死去。彷彿抹煞了語言的重要性。沒有了語言，還有什麼意義可言。姊姊和我的對話原本是獨立的系統，我們的話題只有相互能瞭解。我不喜歡和無聊的人說話。幸好姊姊和每一個人都相處得很好，所以我還可以透過姊姊知道別人的系統。現在姊姊死去了，就算我表達了些什麼，也無法被人瞭解。

拋下瓶子的人跟我一樣孤立無援吧？已經盡了一切的努力，或者本來就沒想到連單純的生存都如此令人不安。那天夜晚終究要過去。沒有任何的信息在遙遠的信道之中安然地傳遞，也就沒有任何的信息能被精確地解譯。包話了我的和瓶子的，現在都交雜在一起了。

蘭格吉城位於北冰原之上，最爲寒冷的地點。

人們的房子包含城牆與宮殿在內均由冰塊築成。但這並不足以說明蘭格吉城的寒冷。因爲在世界上其他的地方，用冰塊築成的建築物並不少見。

要形容蘭格吉城的寒冷必須提下面這件事：那就是，在蘭格吉城，甚至連語言都會因聲音傳送的速度不夠快而被冰凍起來，掉落地面或桌椅上頭而無法發生應有的功用。人們由於不能聽到完整的話語而必須收集一袋袋的冰塊回家解讀。在蘭格吉城，不依賴手語的話，溝通非常困難。（可是手語的系統太粗略了。）但最重要的不是效率問題，而是意義問題。

人們將收集到的冰塊用鑿子敲開，聲音才能在一瞬間傳出來。但因爲一、每個冰塊都長得差不多，不知道怎麼排列。二、說的話太多。三、說的人太多。四、原本聽見的部分忘記了。五、撿到了不是說給自己的詞語。所以究竟今天聽到了什麼事情往往無法確定。語言的意義必須在困惑、猜測、重組、搜尋、補遺的過程中重構。

對語言的不信任也擴及書寫文字的範疇。由於人們的思考是透過抽象的語言意義，所以不得不對具體文字本身產生懷疑。也就是說，人們閱讀文字，而在通過思考的同時，便會有不敢信任自己的感覺，就像語言意義重構的問題一樣不確定。

但是有一個技術性的問題是確定的。千萬不要以爲用火溶開冰塊會方便一點。那往往會把聲音一併溶化掉，什麼也聽不見了。

當她的哭泣結束，我們兩個人都累了。我將她扶好躺在床上，自己也鑽進毛毯裡。她緊閉雙眼，困難地呼吸。反正，這一天也終究要過去。

突然她說要喝咖啡，我愣了一下，看看她。雙眼仍是緊閉著，嘴巴也抿得很密實。

我端起那兩個咖啡杯走到廚房，重新煮一壺咖啡。

把咖啡端到她的面前時，她仍保持著和剛才一模一樣的表情和姿勢。不過呼吸已經緩和了。

她還是沒伸手過來接。我把咖啡擺在床邊的桌上，打算躺回床上好好睡一覺。

結果她霍然地坐起身來，差點撞到我的額頭。

她狠狠地瞪我，然後說：

「不論你如何地折磨我，我都要一輩子跟著你。直到你眞正愛我爲止。你不曉得我多麼愛你。」

躺下。我說。

雖然是廢話，聽起來還是很感動。

附錄：（譯自洗羅．巴契在《陌生的沉默海洋》一書中所摘引的奶油刀子號求救瓶內容。）

敬啓者：

這是由漢斯特港籍拓荒船奶油刀子號發出的求救瓶。本船由索瑞克．魯亭擔任船長，預定於漢斯特港本港出發經南大海灣、炎熱海洋、無風洋、曼紐英海峽、北冰原海域至喀什喀島，從事李奇琳貿易公司所資助之「拓荒與開墾」的前置作業。預定使用時間四年又六個月整。途中停泊瓦奇港、艾勒佛大港、藍綠海岸港。

本船自出發以來航程順利。曾與捕鯨船迪斯肯號、海洋實驗船琉璃球號、愛坡里皇家船隊及奧思柏米字傳教移民船隊有過友善的接觸。但不幸於漢斯特紀年六十一年五月二十一日在北冰原海域71'68"13坐標位置處遭到冰山群的圍困。本船在煤料耗盡，動力不足的情況下無法依緊急處理程序脫離，以致受困至今。

其間，本船所有人員雖同心齊力試圖克服此逆境，但限於通訊設備之損壞與其他種種因素致使此奮鬥之過程屢屢挫敗，且有十數名船員已不幸英勇殉職。願他們的靈魂能在漢斯特小教堂的墓園裡安歇。現在時間是漢斯特紀年六十一年八月二十四日下午三時。本船位置約在北冰原海域71'52"12。船上已無可食用的物品，淡水的存量大約僅可再維持一個星期，本船已然瀕臨死亡的危機。盼請拾獲此求救瓶者能儘速通知當地有關機構或李奇琳貿易公司。並請留下大名、地址，本船脫離後必登門致謝。

謹此

您眞誠的

第二大副畢昂德・爾利子爵准校

印章

PRECINCT

並且試著回想一些故事。

如果要認眞說的話，大概可以像是從雜貨店門前的，松樹和銅鈴開始，在什麼地方的深處，總是，在承諾什麼似的，什麼，嘩啦嘩啦的或者叩叩叩的，那一類的，開始。

記憶總是被篩選，如穿過葉叢的光。

等了相當久的時間，凱莉安終於要說些什麼了。在她經營的小酒館裡。

她說，似乎有一個遙遠的國度，以一種陳舊、繁瑣，卻彷彿又有些重要性的聲音在呼喚我。

我並不太能確定這聲音對於我有何必然的牽連，甚至有些厭惡。因爲它徘徊不去，並且強而有力。

那聲音像是：面對我，面對我，我是一種你目前困境的解釋。

有一些事情我無法了解。

我獨自摸索，很少依賴別人。後來我解體了，鬆鬆垮垮地待在閣樓裡。再過不久，就聽到了那聲音，它似乎可以被當成一個問題來處理。至少可以先進一步加以具體化。

我想著這聲音的意義及其源由，我排除一些雜事，慢慢地接近問題的核心。直到有一天我終於能看清它的狀態。故事的狀態。但是做爲一個故事，這個狀態事實上缺乏離奇、曲折的特質。

但我想這聲音是很清澈且可被具體化的。

現在我住在這個小鎮。森林裡的小鎮。但是我曾住過海洋城市喲，有堤防和貝殼沙的海洋城市。

知道戴本蔻恩的《海洋公園第66號》嗎？

有一樣的寧靜透明感，包括自己的身體也是，但也在極其有限的地方，有明顯的區隔。

只是精細設計的境域。

只是「介入」。

對人們來說只是admitance（准予進入）。

「好好噢。」

但是那是很久以前的事情了。

而且只是名字聽起來好聽而已。

「安，跟我們說一些吧。」一個穿厚皮衣女人說。

從前凱莉安也會說一些，但是今天說的時間長了一點。

我們都很高興，我們高興我們喜歡的凱莉安跟我們說故事。

也喜歡身上浮著輕輕的火焰，在她的頸旁舞蹈。然後散爲細碎熱鬧的聲音與顏色，像棉花糖般的蒲公英地碰觸及圍繞。

就是這樣子。

此時，在黑夜裡，雪落了，像是鈴聲，一點，一點，一點地響著。

有人去爐子那裡添了柴。

有人起身去投了點唱機。

播放的是Bob Dylan的歌。凱莉安以「那……」爲開頭的述說旅程總是像中世紀的神聖故事（Sacred Story），其中有無數環繞著頭光的人物和一想起來就會讓人撼動不已的古代投石器戰爭般的場景。而一切都籠罩在黃金雨之中。

那時候，她說，我們住在一間偶然從遠房親戚那裡得到的，有座二層樓高望樓的大房子裡。房子四周有圍牆，還有一個小庭院。由於是位在海洋城市中較高的區域，所以在望樓頂就可以看見大約八分鐘腳踏車車程可達的海洋。

我喜歡在大房子一扇一扇的門間來回穿梭。我記得有一個房間裡放著一個很大的木箱，有銅扣、鐵鎖，裡面有很多不能用的，發出乾燥味道的舊紙幣。

然後到小庭院裡去朗讀媽媽買的童話故事集。

小庭院的水池泛著微光，一叢矮樹站著。

（每個曾在社區診所服務過的護士都曾讚美過凱莉安母親的雍容與搪瓷娃娃般的凱莉安。）

我也喜歡在小庭院裡洗我的腳踏車，一面喝冰牛奶一面用冰涼、帶鹽味的水去沖她。那是一輛很好的腳踏車，有關她的一切都令人難忘。靈巧的骨架，漆著深淺有致的藍顏色，像是海豚一樣。還有十二段變速系統，握起來會令人感動得流眼淚的手把。剎車的聲音聽起來像是細細的笛鳴。騎在三十度下坡的路上時，就像碎浪的氣泡緩慢滲入沙灘的感覺。

「是什麼樣子的地方？妳住在海洋城市的哪裡？」一個小男生問。

我們家在海洋城市的小海灣堤防底端機場的上方，小丘區。我常常騎腳踏車下小丘，登上堤防，去消磨一天的時光。

沿著堤防走著，向外能看見海洋不斷地顯示其豐富的意涵，向內可以看見海洋城市複雜而井然精確的面貌。

前半段的堤防之下有平坦的彩色貝殼沙。在堤防上走累了，可以走到沙灘上隨處躺下。照向海洋城市的陽光無論在何時都是宜人的，不必對它有任何防備。伴著沙蟹沙沙行走和鑽洞的聲音，很容易有個好眠。

走快一點的話，傍晚左右可以走到捕鯨船停靠的港口，那是城市與海洋溝通的出發點。不過情況是城市向海洋需索，但是海洋對城市卻一無所求。

那的確是一座特別受到眷顧的海洋城市。鯨魚的航線就在堤防的幾浬之外。捕鯨變成了近海漁業，既安全又方便。一到捕鯨季節，「就算只是開著船閒晃，也能撞死幾頭。」捕鯨人總愛這麼說。鯨魚實在太多了，有的幾乎被擠到海面上來了。

所以傍晚的時候，尤其是捕鯨季節，能夠在堤防上看見那些大船四周點著數以百計的彩燈進港來，跟開嘉年華會一樣。其實，眞正船上的燈只有幾盞，其他的有些是黏在鯨屍上的小甲殼類磷光，有的是漂浮在海面上常被誤認爲海上鬼火的藻類螢光。而潛伏在水面下的光芒，則是自跟蹤鯨屍而來的青鮫鯊眼中發射出來的。這樣的情景，就像一隊華麗的出殯行列似的。

到了有百合花標誌，賣花、爆米花和冰淇淋的小店邊的渡站時，所有的客貨汽船和飛艇都已經依序地停在星空的靜默之中了。

她們是多麼可愛，也多麼令人心疼。她們在那裡停泊著，我在遠遠的堤防上看著。

然後我和她們都在一片平和之中。

到這裡，一日的漫步結束了。

「nostalgia。」凱莉安最後說。

門咿呀的一聲打開了。

走進來三個女生，大概是附近大學的女生。

她們看了菜單，點了東西。

凱莉安拿了幾個竹籃子過來，裡頭有開心果、葵花子和手工巧克力核桃餅干。

她專心的模樣是精巧而迷人的。

首先是SALTY DOG。她拿了個old Fashioned Glass，用檸檬片擦濕杯口，蘸上細鹽變成結霜的樣子。然後從牆邊的小冰箱拿出一大塊冰塊，用冰鑽鑿成小塊，加入杯子裡。再倒入2 oz.的VODKA、4 oz.葡萄柚汁，輕輕地攪拌。

好了，凱莉安把酒端給其中一個女生。

你要不要先幫我跟大家說個故事？

凱莉安對我說。

我嚇了一跳，但是大家都在鼓掌。

新進來的三個女生也看著我。

點唱機換成Jimmy Giuffre和Paul Bley、Steve Swallow合作的〈Thesis〉。

接著是MARTINI。

倒1又½ oz.的GIN（有著美麗淡藍色酒瓶的BOMBAY）和1茶匙的DRY VERMOUTH到cocktail glass裡stir，再於杯沿裝飾橄欖。

「從前有一個農村，可能原來就相當貧窮的樣子，但是某一年還遭到特別嚴重的乾旱打擊。因爲這樣的緣故，農夫辛苦種的稻子很難繼續活下去。但是他仍然不死心地工作著，結果終於累出病來，甚至還弄瞎了眼睛，只好待在家裡休息。

有一天農夫的兒子從田裡回來。兒子說：『已經沒辦法再工作了，稻子都已經枯死了，大家都離開了。』

農夫說：『你到田裡去拔一株稻子來。』

兒子帶回稻子交給農夫，又說：『都焦透了，看就知道了。』

農夫接過稻子，剝掉稻葉，摘掉上半部的莖，並把最外面的地方都搓碎。然後把裡面也枯焦的部分一層一層小心地撕下來。最後剩下來的是一段短短的，靠近根的莖部，看來也是枯焦了。農夫慢慢地將它縱向撕成兩半，用他粗糙的手去捏莖的內部。

『還有點水分，如果下雨的話，就會活過來。』農夫說。

後來果然下雨了，農夫的稻子們就都活過來了。結果只有繼續工作的農夫的農田獲得了收成，其他沒有照顧的田都荒廢了。」

在一口杯（Shot/Jigger）裡倒了1又½ oz.的金黃色TEQUILA放在吧台上，再於一個小白瓷碟裡擺上大約¼茶匙的鹽和一片半月形的檸檬片。

喝TEQUILA的女生將鹽灑在左手虎口上，柔軟地伸出紅潤可愛的舌頭舔了舔，右手則舉起一口杯，將TEQUILA一口喝乾，最後把檸檬片拿起來咬了一半，發出嘖嘖聲地嚼著。

我說完後就一直看著凱莉安。

是〈農夫與稻子〉對不對。

你還是那麼拘謹。

「嗯。」

我看的那本故事集最後還附有一幅粉蠟筆畫插圖。畫了在農夫粗糙的手裡有一小段焦黃的莖，但是卻泛著淺綠色的感人神奇模樣。她說。

凱莉安閉上眼睛。

或許我最喜歡的Surround樂隊偶爾也應該加個管樂手，像是豎笛手、saxphone手或者是木笛手，這樣看起來也許會更有氣質。

Surround?

大家都一臉茫然的樣子。

他們在海洋城市裡還有一點如月光般的名氣，有一次在音樂祭時得了團體獎，一家地區性雜誌稱他們是當年的最佳革新樂隊。

但那是一家非常非常小的雜誌，幾乎一眨眼就要憑空消失的樣子，所以也沒有引起任何注意。

可是我很喜歡他們，每次聽他們的音樂就會想起一個以前常做的夢。

在一個小學校園裡，我穿過中走廊與矮小的司令台，有個小女孩在鞦韆上等著我。

那是一個只有兩百公尺黃土跑道的校園。四周的一切都顯得模模糊糊的，只有遊戲器材射著異樣的多色光。

我們各自搖晃著各自的鞦韆。然後我幫她推她的鞦韆。

在此之前我沒見過這個小女孩。然而當我踏入這個夢境時，她的影像竟如切膚之痛那般的清晰。

我不禁憂慮起來，是否在我少年的時候，也有一個小女孩在校園的某處等待著我。

「安，講妳的愛情故事好不好？」厚皮衣女人說。

凱莉安微笑起來。

但是沒有說什麼，只是一直盯著吧台上的一顆橘子。

那橘子有什麼特別的嗎？是在生悶氣一類的嗎？

如果能採取一種條列式，線性的簡約化方法去了解一顆橘子就好了。

那也許能讓什麼秘密都沒有了。

那故事呢？故事可以簡化到怎樣的程度？

基本性的終端在什麼地方？必要的，不可刪去的自然會在簡化的過程中留下來。

像是蒙德里安的《構圖NO.10》。

蔻兒的事情以前已經說過了嘛，凱莉安說。

「可是每次都像『什麼事情被撞見了』那樣躲躲藏藏的。」小男生說。

凱莉安用指關節敲了他的頭。他閃了一下，奎寧水也喀啦喀啦地響。

凱莉安說，蔻兒……

我就是在海洋城市的堤防上認識蔻兒的。

那是一個天氣很好，到處散發著暖意的日子。可是她卻穿了一件厚牛仔布藍色上衣，裡面是一件套頭的米黃色毛衣。下半身則是一件卡其布高砂鋸形蟲成蟲色的長裙，米黃色厚棉襪及咖啡色的三分之一長筒軟皮皮鞋。

無所顧忌地穿得密密麻麻的，像個太盡責的活動衣架，讓我覺得很訝異。我只穿了T恤、短褲和便宜的夾指拖鞋。

另外她還背了個黑底，上面有BØØWY螢光色標誌大袋子。

爲什麼背BØØWY的袋子？BØØWY是什麼意思？我試著問了她。

「我不知道，是個品牌吧？有蠻多形式的耶。」她說。

不對，完全不知道怎麼回事就這樣去背它，別人不小心問起，不是很尷尬嗎？我這樣想。

那是一個日本搖滾樂團的名字，一九八七年解散了，但是主唱冰室京介、吉他手布袋寅泰現在還相當受歡迎。他們的歌有一種特點：溫柔的主旋律配上非常剽悍快速的編曲，這也是所謂日式搖滾的特點。

「嗯，是這樣嗎？我知道了。」我不想解釋。

「安那時候也是兇巴巴的嘛。」

凱莉安又敲了小男生的頭。

她坐在堤防邊，頭埋在長裙裡。

旁邊散落了梳子、二本書、藥瓶子和一個放化妝品或隱形眼鏡清潔用品的小皮袋。

「怎麼了，有什麼問題嗎？」我說。

「我迷路了。」

「來這裡玩？」

她搖搖頭，「我們家剛搬到這裡。」

我問了大概的地址，剛好在我家那一條街上。

我幫她收好東西，陪她走去她家。

「蔻兒很漂亮嗎？」

那時17歲的蔻兒讓人想起保羅．克利輕巧可愛的畫。

總是像在跳房子、打彈珠、捉迷藏。

看起來很簡單，可是規則很多，小宇宙到處都不一樣。

那樣的，是有精確存在感的precinct。

我們成了家住得很近的中學同學。我們會一起上下學，她會噹噹噹地，像是踏著只彈兩個和弦的爵士樂韻律，走過白色的小階梯，到我家來玩。

後來因爲她的父親到城外工作，她到我家來住一段時間。所以我們常常在一起，她也會爲了我跟別的女孩子說「我的生日快到了」而生氣。

那意思就是說，從那時候開始，即使是有錯誤稱謂的信件，現在也以蔻兒之名，使其成爲屬於我的神器。

凱莉安說。

蔻兒喜歡在深夜裡看亂飛的海灰蛾，留長髮，戴那種心形的、可以打開來放小照片的項鍊。

——每次看到這樣的情景，就覺得海灰蛾是從遠方海洋來的訊息。總是要給什麼人的訊息，可是沒有人收到。而且牠們又回不去了，很害怕，所以才會漫無目的地飛來飛去。

——留長髮是我從小的志願耶。這也是我和媽媽的秘密約定噢。雖然她已經去世了，但我永遠都會記得這項約定的。

——裡面有放妳和我的照片呢。我喜歡聽它打開來的聲音。那「喀」的一聲就像是在確定什麼似的，因爲有我愛的人在裡頭呀。

「好好噢……」

她常常會坐在餐桌旁，用右手扶著臉頰向我微笑，然後說，這是一座美麗的海洋城市。不管接著我回答什麼，即使我一點都不理她，她都會繼續地盯著我，像吃了一肚子蜂蜜的小熊那般滿意地笑著。

那笑容似乎穿過了時間和空間，也穿過了我的眼睛，一直到下大雨的洋面上去。在清晨的時候是這樣，在黃昏的時候是這樣。甚至深夜裡我們在廚房喝「睡不著」咖啡時，她也能這樣地笑。

「可是也有混亂的部分啊。」我說。

笑。

「比如說那些顏色像卡布其諾咖啡的水道。」

笑。

「還有像是運載默默行進的敢死隊的市內鐵道車。」

笑。

「嗯……確實是座美麗的海洋城市。」

就是這麼回事。

凱莉安轉身在木架上拿了個杯子。

是個有藍綠小花圖案的瓷杯。

這是蔻兒用來喝「睡不著」咖啡的杯子。

主要是因爲我的關係吧。

那時候我心裡頭總是充滿了像是鎭暴蛇籠一樣的各式各樣的委屈和不安，半夜常常無法順利地睡著。

要具體地說清楚那些委屈和不安是不可能的。能說出來的，自己也知道那不是重要的事。但是作爲一個引子或許可以。不過畢竟要說明像是從浴巾和蔬菜到患偏執狂的歷程是很困難的。

我從櫃子裡隨便拿了個杯子，鋪了棉花養綠豆芽。無法睡著的時候就在廚房裡看它們。有一天綠豆芽死了。像是瞬間被巨大隕石擊中一樣，毫無預兆地死了。深夜在廚房裡看它們，簡直像是以誇張的電視新聞播報語調說：「本地唯一逃過一劫的幸運恐龍。」

不知道何時，蔻兒已經站在我旁邊。她拿了杯子，將發黑的棉花和焦紅的綠豆芽丟到垃圾筒裡，把杯子洗乾淨。然後她煮了咖啡，倒了一杯在那個杯子裡，另外又倒了一杯給我。

「那個杯子」就是有藍綠小花圖案的瓷杯。

從那一天起，只要我睡不著，蔻兒就會陪我喝「睡不著」咖啡。

凱莉安在洗那個杯子。

不過現在想起來，我煮的咖啡可比她好多了，對不對？

她看著我，我只好點了點頭。

雪稍微停了。

爐子發出啪啦啪啦的聲音。

喝TEQUILA的女生打了個噴嚏。

我忽然有個想數一把亮亮的鑰匙的感覺。

假日的時候蔻兒會去城外找她父親。

她會打電話。

「喂。」

「哇！我好想妳。」

「怎麼了?」

「沒事。」

「過得怎麼樣?」

「這裡有一百年來最大的暴風雪,我不曉得要怎麼辦。」

「眞的!」

「騙妳的。」

「什麼?」

「是個晴朗得連小鳥都不忍心飛上天空的早晨喲!眞希望妳也在這裡。」

「我也是啊。」

「妳剛才有說什麼嗎?」

「沒說什麼啊。」

「那妳要愛我噢。」

「當然啊。」我說,「我會一直愛妳呀。」

「妳要乖乖的,不可以偷偷和別人去玩噢。」

「在胡說些什麼。」

「如果失去妳,我就什麼也沒有了。」

沉默一會。

「ㄟ，妳是不是覺得我很不可愛。」

「不會啦。」

「一點也不可愛。」

「怎麼會呢？」

「怎麼不會。就像是以前小時候常吃的一種東西，可愛的粉黃色小糖紙片，也有粉紅色的，可能是用泡了飽含色素的糖水紙片烘乾製成的。吃的時候放在嘴裡嚼，糖份吸乾後，把紙丟掉。」蔻兒說，「我大概就是那樣的紙，看起來很討人喜歡，吃起來也甜甜的，但是卻毫無營養。而且所謂紙的部分其實是不能吃，要被丟掉的。我大概只能做這樣的人吧。」

她爲什麼要這樣說呢？我實在不能了解，這樣不是很傷害人嗎。

「沒事了，我要去玩了。」

「好，別亂想了喲。」

「拜拜。」

「再見。」

「好甜蜜噢。」喝TEQUILA的女生說。

現在凱莉安看起來並不是甜蜜的樣子。

聽到Billie Holiday的〈A Fine Romance〉。

她把杯子放回架上，沉默著不說話。

但是有凱莉安的我們是甜蜜的。在這個森林的小鎮。

有凱莉安的早晨，拉拉白色太陽的流蘇。

她站在我們抬頭的角度裡，用微笑熨我們，有人在敲小鑼和打光。

從她的背後。

她拿了一柄小槌，專心地，輪流在我們的頭頂敲打。

叩叩叩叩。還一面說著：

「叩叩，你的心靈有柔軟的顫動嗎?小小孩，沾沾花蜜吧!」

Surround在那時是給人一種修飾良好的校園樂隊（Refined-College Bend）的印象，凱莉安說，當時每一個學生樂隊對現在的我來說都像是懷念的潘朵拉盒子。

對蔻兒的記憶也是。

但是當時眞正的情況卻不是這樣，而比較像是基里訶的《憂鬱和神祕的街道》。結果物體明明已經喪失了它們的正確比例和存在感，但是還假裝很正經地安置在一起。陰影處的廊廡、打開門的空車、朝遠方飄去的旗幟、看來像人的影子，都像是隱藏著秘而不宣的惡意。

海洋城市的一切也是這樣。

有人安排好了一切，我們以爲身在「這個」地方，但其實不是，而是在「這個」地方。但是「這個」和「這個」的差別在當時的我們的眼中是分辨不出來的。

我和蔻兒就像是那個滾鐵圈的小女孩，感覺不出來那些惡意，還快樂地生活著。

在某處的盡頭，什麼不知道什麼的東西正等著撲殺我們。

那是，你以爲是恆長的事情，它的盡頭卻是，瞬間。

晨幕揭開了，掛起了新的葡萄藤。

迴旋曲的舞蹈在進行，宴席展開而樹的手在灑金粉。

所有的足都齊了，來自，森林的、沙灘的、渡口的、小巔的，與我們來自的地方。

遙遠的青春之境。

「怎麼了？」

凱莉安搖搖頭。

後來，凱莉安說，南半球大軌道線經過仙女座的那一天，放在我和蔻兒一起讀書的窗口的收音機，一直播送著海洋城市邊緣戰爭的消息。那一天凌晨開始，各方的戰鬥轉趨激烈。

於是一場像是蜘蛛網似的戰爭在收音機中迅速地張結起來。

蔻兒在城外和她父親一起，而我只能守在收音機旁，聽如蜘蛛網交織的戰爭。

好了，如蜘蛛網交織的戰爭正在蔓延。它首先占領的就是收音機的每一個頻道。所有正常播放的節目都停止了，全部的頻道都在播放戰爭的新聞。彼此互相引述、轉譯，也報導過去幾年的戰況來加以分析。於是戰爭的情形更加複雜，收音機簡直成了在播放一則迷宮遊戲似的。

「叩叩，你的心靈有柔軟的顫動嗎？小小孩，沾沾花蜜吧！」

她沒有辦法回到海洋城市來，我也沒有辦法去救她。我很緊張，但是我認識的人沒有人緊張，大家似乎並不在意這件事。

——只是在邊緣嘛！

——很快就會解決的。

——應該要打的仗嘛！

——不會蔓延到海洋城市的。

結果這場戰爭簡直變成了只是爲了煎熬我和蔻兒的戰爭。

於是根據收音機的報導，那一隊隊如雨滴落下的傘兵在此一頻道跳出時仍是生死與共的袍澤，但在另一個頻道悄然降落時，已成爲不共戴天的敵人。

數以千計的壕溝在能夠稱爲「界線」一詞的事物邊緣被挖掘出來。但終究成爲了一四通八達的網路，所有地面上的「界線」反而泯滅了。

「界線」變成出現在陰暗潮濕的壕溝中的每一處交口，每一處轉折。此時「這裡」可能會遭遇到殘酷的狙擊，「那裡」卻大可以放心通行。但下一秒「那裡」竟湧入大量觀光客一般的敵方特種部隊，「這裡」才是逃生的道路。

而在地面上逃亡的步兵並沒有因「界線」的泯除而受益。既然沒有「界線」，那麼該逃往哪一個方向呢？在鐵絲網下的是一片遼闊的大地，遼闊的程度正足以讓其上的爬行者無從選擇，以致於只有在戰火中犧牲生命。

不能相信來自任何一個方向的砲擊，不要慶幸任何一場逆襲的勝利。只能傾聽，傾聽收音機傳來的聲音。

所有的足都齊了，來自，森林的、沙灘的、渡口的、小巔的，與我們來自的地方。遙遠的青春之境。

那麼什麼才是正確的事？

對我而言難以理解的程度，簡直是存在於皺褶中的青蛙乾。

「好可憐噢。」喝TEQUILA的女生說。

凱莉安微笑。她請大家喝奎寧水。

有一天我收到蔻兒的電報。電報上只寫了「將歸　蔻兒」。我收到後就馬上騎她的速克達去路口接她。

（那是一輛貼了英國噴火式戰鬥機標誌，還寫著LUCKY STRIKE的墨綠色迷你速克達喲。）

我和蔻兒口中的路口指的是以位於堤防中段的鐵道車站爲起點，暱稱爲BENNY KIDS大道的274公路和小港口區的交口，有個巴士站牌在那裡，一般都是從那裡進小港口區。小港口區的街道非常複雜，說是「看起來經過那裡可以直接到某個其他的星球去」也不爲過。

蔻兒第一次出城回來時我怕她又迷路了，就去那裡接她。後來成了習慣。我到路口，站在那裡等。那裡有一家孤零零的發亮酒吧在巴士站牌的後面。有幾個人正在等巴士：穿著華麗戲服的歌劇演員、帶捕蟹網具的強壯老人和四個可能帶著蝴蝶刀準備去哪兒約會的高大年輕人。

巴士來了，所有的人都上了車，要帶著蝴蝶刀去約會的高大年輕人也走了。附近沒有人了，只剩我一個。路上四周都暗暗的，只有偶爾呼嘯而過的扁平跑車的燈光。所以我開始留意發亮酒吧的玻璃窗。那個櫥窗占了半面的紅磚牆，上半部有作成酒吧店名的藍色細管霓虹燈和昏黃的小探照燈，下半部則是有六台電視機組成的電視牆。除了一台一直是逼人的空白外，其他五台都在播放不同的影像。有一台是阪井莎莉的商業電影，一台像是紀錄喪禮的黑白片。也有正在轉播一場戰役實況的，還有的只是一些一直出現的彩色列表。另外從櫥窗裡也不斷傳出像是監聽器錄下來的說話聲音。我就站在這樣的聲光氛圍裡繼續等待寇兒。

□《空白》

◇閣樓，一扇對開的窗戶。

§「我能夠明白。」

◇乳白色的窗台，褐色螺旋木紋的牆面。

▲雷克頓公墓右轉。

▲嵌著密密蟲屍的高大萼冠樹。

◇窗台下的牆面有三幅橫寫文字，由上至下：「尤富蘭斯萬歲」、「素特飲料愛您」、「第三年度自動機維修專案（下一行）請速洽各區機電站」。

§「那你爲什麼要這樣對我？」

我等待著她，但她遲遲沒有出現。

◇A站在窗前向外張望。然後轉身回到閣樓中央，伸手在右側拿了一瓶酒擺在他背後的桌子上。在那裡，已經先放著一個雞尾酒杯。

§「你不負責任。」

◎面向正前方的牆往前倒下來。

□《空白》

◇他打開瓶子的軟木塞，倒出綠寶石色的液體至雞尾酒杯之中。他舉起酒杯到面前，注視一會，然後一口氣喝掉。

▲棺木是十九世紀歐式的厚重鑲金框長形櫃子。冷白色，類似十一月落雪的日光，像一堆不小心打翻的圖釘一樣撒落在棺木尾端。蔓冠樹的葉影落於前端的三月形家徽上，但風吹動時影子的範圍則有所增減。

★電梯指示在「6」亮時，莎莉走了出來。先按了密碼鎖，再用鑰匙開門。

我在酒吧門外不安地踱步。

忽然有個人從酒吧裡走出來，左右張望後朝我走來。

▲他轉過身按下棺木側方的金鈕，棺木的重蓋由兩側如翅膀一般打開來。

□《空白》

※define err_cantfindapp"Unable to fine Freelance for Windows."
define err_cantlaunchapp"Unable to launch Freelance for Windows."
define err_cantuseframe "Cannot use this frame for an organization chart."
define err_cantusearea"Cannot use this area for an organization chart."

□《空白》

★很無奈地扭動著水蛇般的身體滑下搖椅坐在地毯上，然後就一邊脫了厚褲襪和黑色窄裙。（好冷，好冷。）穿著只剩下毛衣和內衣褲的莎莉趕快站起來，碰碰碰地跑進浴室。

◇一扇門的部分緩緩從窗戶的左側出現。A的雞尾酒杯也配合著門的韻律慢慢下降。在門消失於窗戶旁時，A的雞尾酒杯正好降落到桌面上。

§「沒有。」

§「有。」

◎最前面的2個走到那堵牆未塌盡部分的後頭，拖出1具雜色衣服的屍體，並且向後面4個人揮手，後面4人又向光圈揮手。光圈立刻消失了。

「妳是凱莉安?」那個人說。

我點點頭。

「嗯。」

那個人拿給我一個深橘色放音機。

★磁鐵板上有可愛的黃色小鴨磁鐵和一張寫了「煉乳兩罐、西瓜」的紙片。仔細看的話，紙片上有鳶尾花的浮水印。

◇AB激烈地吻著。A的左手從B的右臉頰滑落至她的右乳房上，B的右手繞到A的背後直至A的左臂。

▲接著是廣告：

▲絲娜夫人墓園前50公尺。

□《空白》

▲高大的蕚冠樹。

◎1團黃金色與暗紅色及黑色的火光。

§「又怎樣？」

▲七個人站在一具棺木的後頭。一個女人及兩名小孩站在「絲娜夫人墓園前50公尺」告示牌與棺木尾端之間。此外有些難以清楚辨視的人影在更深遠的地方。

◎許多殘缺不全的屍體以放射狀飛出來。

我用力按了放音鍵。

——眞是對不起，沒有辦法回去了。能夠遇到妳，坦白地說我嚇了一大跳。我還沒有準備好和妳見面。不過或許該這麼說，我並沒有打算和任何人見面。之前我很混亂，一團糟。可是居然遇到妳了，我問自己，難道我不能和妳在一起嗎？我認識妳後讓我陷入更巨大的痛苦，並不是妳帶給我的什麼痛苦，妳對我很好，很關心我。所以我說的這種痛苦的感覺並不是妳所知道的任何一種痛苦之一。你知道我在念中學前動過心臟手術，在那個手術結束我應該快要清醒的時候，所有的醫護人員都圍過來猛喊，要把我叫醒。大概是怕麻醉損壞了神經還什麼的，就此一睡不醒。但是實際上那個躺在床上的我還是在極度的昏睡的睏中，偏偏又要被巨大的聲響叫醒。不行，不行，不是這樣的，我在心裡這樣叫著，請讓我睡覺吧，但是巨大的叫喊聲像燒紅的烙鐵一直往我的腦袋插進去，要強迫我醒來，比任何起床時的掙扎都還要痛苦萬分。我想只要讓我睡覺即使將我的肌肉和骨頭拉扯開來也沒有關係。我遇到妳，妳給我的痛苦就像是那些叫喊聲所做的。但是終歸是我自己的問題，事實上我只是遇見妳而已，而已。

◇E對B說完話後5人在桌後圍成一個圓形。A在最右側。逆時針方向由A開始是A、B、E、D、C。

※define err_nofilesopen"You must have a presentation open to use Collect and Copy."
define err_appmustberunning"Freelance must be running to use Collect and Copy."
define err_selectonlyoneslide "Please select a single slide."
define err_cantfindmenu "Cannot locate the correct menu."
define err_cantfindmenubar"Cannot locate the menu bar."
define pasteformat "Windows Metafile"
define FLW_WINDOWSMENU "&windows"
define FLW_TILEITEM"&Tile"

define CurUnits

define err_maybenotinslidesorter "Cannot paste from this view."

★這樣一想不禁有點生氣，卻也不知道怎麼辦才好。乾脆把兩隻腳縮起來抱在胸前，然後用力地搖搖椅。結果一下子就整個人滾到地板上。

□《空白》

§「所以呢？」

▲NO.6 著黑色西裝、黑色長褲、黑色領帶、白襯衫。伸右手。

§「那就不能說就算是。」

▲NO.7 著黑色西裝、黑色長褲、黑色領帶、白襯衫。伸右手。

§「那該說什麼？」

◎藍色。

◎粉紅色與淺黃色。

◇在A完全停止動作之後，E緊接著開始說話。他以全身性的大動作向其他人表達意見。E說話的時間非常漫長，但當中並沒有人有阻止他的動作，也沒有人離開。

□《空白》

——可是我怕妳和其他人一樣，會逃避我這種人，都不願意和我在一起。沒有人了解我，或者試著了解我。他們只重視自己。我不和他們爭論，他們就欺負我，故意讓我一個人孤孤單單的。沒有人愛我，他們都沒有看到我的心。

◎劇烈的紅光從多層顏色後穿擊出來。左側的光圈一陣散亂，但立刻聚集起來。

◇E說完後向每個人點點頭，將雙手叉在腰間。然後C、D、B分別說話。

◇E轉頭面向C，同一時間飛身撲向A。雞尾酒杯翻落地面，CDB三人均作驚呼狀。E撲中A的瞬間A以右拳重擊E的小腹。二人隨即被拉開。

§「要想。」

——我來海洋城市多久了？媽媽死了多久了？不管多久，以後一定還要這樣過下去嗎？明天，後天，下個月，明年，還有下輩子來生該怎麼辦。我作了夢，很多的夢，我夢到凱莉安妳。夢見了媽媽。很多猴子圍著她，在那裡張牙舞爪。

「你們是誰！」

「我們是密西西比猴子。」

「密西西比猴子？什麼是密西西比猴子？」

「我們是密西西比黑奴的靈魂所變成的。在那些密西西比河河底的夏天泥土裡長出來的喲。」

「你們圍著我媽媽幹嘛！快走開。」

「我們是復仇的使者喲，都是因爲妳喲，因爲妳是那樣的人喲。」

我……

◇忽然A站起來，撞倒了椅子，B隨後衝進來向A說話，右手指著身後。然後又立刻跑出去。緊接著FGHI衝進來。A往後退被倒下椅子絆住。HI巨大的身軀迅速繞過桌子擋住窗口。FG也同時往前伸出右手。接著A的頭顱冒著血在HI遮擋的空隙中往窗戶的右側倒下去。

◎光圈又閃了一會。

◎十字線形的標誌由1個懸浮物掛著飄了上來。前面有1層透明的防護罩遮著。

□《空白》

★總令人忍不住想去說悄悄話的耳朵。像是貓咪的溫馴頭髮，一點也不亂翹。額頭上貼了片皮膚色的便利OK繃。阪井莎莉睜開眼，怔怔地直視天花板。短而微捲的睫毛像是養日光燈魚的水族缸裡，自由地漂來漂去的金魚藻。那麼泛著藍綠光芒的黑眼珠就是靈活的日光燈魚了。

啪！聲音到此爲止。

深橘色放音機的心臟停止了。

我走進酒吧想找拿放音機給我的那個人，但是那個人不在裡面。裡面的人也沒有看到那個人。

所以我也和蔻兒失去了連絡。

（呼喚僅如一口有著簡單設色和線條的谷地。）

如蜘蛛網交織的戰爭仍在夜晚與白晝的「界線」上繼續地張結。

有時候我不禁要這樣想，如果我把收音機關掉，或許如蜘蛛網交織的戰爭便會就此結束，蔻兒也會回到我的身邊。

但是如蜘蛛網交織的戰爭並沒有很快結束。

我懷著馬哲威爾《西班牙共和國輓歌》般的心情，離開海洋城市。

點唱機不再傳出聲音。

但是雪又重新落下，溫度也下降了。

這是個適宜縮頸與呵手的夜。

想念妳認眞的信服和精緻的額。

凱莉安看了對面牆上的鐘，十一點半。

小酒館要打烊了。

三個一起來的女生一起流著眼淚先走了。

穿厚皮衣的女人、小男生和其他的客人也隨後走了。

「下次還要繼續說噢。」

門打開的時候，雪就被風吹進來，門口積了一片泥水。

我留下來幫凱莉安的忙。

明天要上課嗎？凱莉安說。

「不用，開始寫論文了，已經不用到學校去了。」

那很好嘛。

凱莉安整理吧台和工作台上的東西，我則收拾其他桌子上的杯盤，然後像是將初生兒抱回育嬰室一樣，把椅子放到桌子上。

還擦了地板。

我弄完後就坐回吧台等她。

凱莉安在後面的廚房裡。她走出來時我問她要不要熄了爐子。

休息一下好了。

「噢。」

她自己泡了一杯可可亞牛奶，幫我溫了檸檬薑汁。

M還在W市嗎？

我搖搖頭。

怎麼了？

「她打電話給我，說她要離開W市了。但是可能由於我顯得漠不關心的語調，使得她有點不太高興。

『你難道都不會捨不得嗎？』M說。

『我甚至不曉得W市在哪裡。妳從一處我不知道的地方到另一處我不知道的地方，意義上是相同的。』

『哼，這是什麼藉口，你不會去查地圖嗎？』就這樣地掛上電話。

所以我一早搭了四個多小時的鐵道車，又走了三十分鐘到T市的一家百貨公司。搭了昇降梯直達十樓，那裡有一家從南方遷來的大書店。我先到旅遊櫃拿了兩本關於W市的介紹書。再到放外文報紙的架子旁拿了一張世界地圖、一張W市的分區詳圖。總共花了138.5元。主要是那一本四百頁全彩銅版印刷的*WITNESS TO W*就要66元多。乘手扶梯到七樓時，又順便買了一片LAYER的唱片，21元。這是從W市發跡的樂團。

晚上淋了雨回到家，把兩份地圖貼在房間的牆上。左邊是W市，右邊是世界地圖。放了唱片，然後坐在床上讀那本*WITNESS TO W*。

原來她就是在這樣的城市裡生活了快一年。我一面讀，一面想像她在W市的C大學的楓樹下，穿著黃色羊毛衣的樣子。

爲什麼一定要穿著黃色羊毛衣呢？

只是感覺很好，像是爽口的蘇打餅干，如此而已。

晴朗的天空、壯麗的飛機工廠、著綠色球衣的職業籃球員咧嘴笑著。幾乎，有一種椎心的幸福感。我的手指在銅版紙上滑行，像眞的在認眞回憶什麼似的。連手指頭都興奮起來。

她就這樣地，以一種對我來說完全不同的生命型態活著。她漫步、奔跑、呼吸奇特的空氣。即使有人告訴我她眼中的月亮與我的並不是同一個，恐怕我也會毫不猶豫地相信到底。

『那麼，』她一定會這麼問，『你爲什麼不來呢？』

結果什麼理由也沒有吧。什麼絕對的話都說不出口。

能夠說明的感受是：剝除。

以精細的套色與印刷剝除實感，以地圖符號剝除我和她之間，距離的意識。這麼一來，一切都顯得沉穩平靜而無聊，終究也能形成一種折磨。

『你能感受到痛苦嗎？』她初抵W市時曾這麼問過我。當時一定是回答不會，因爲那時候對W市一無所知。或者可以說，連她爲什麼氣沖沖地離開我，到遙遠的W市去的原因一點也不曉得。

現在能夠感受到痛苦，但對於能夠挽回什麼還是沒有概念。我想是因爲我的性格上有些缺陷，有時候會對別人表現得很殘忍。

我花了三個半小時讀完*WITNESS TO W*，二個小時讀完另一本。然後在兩張地圖上標出我知道她曾到過的地方。這樣子做，多少讓我自己覺得有點滿足感。她若知道的話，或許在嘲歎中會有一些竊喜吧。

然而所能做的也只有僅止於此。」

總是這麼嚴肅不太好吧。

「沒有啦。」我說。

「其實她走了以後我有一個月不能睡覺。我一個人躺在床上被無窮無盡的黑暗包圍。我了解到那是沒有任何光線可以驅離的黑暗。即使到現在想起當時的情形，仍然會害怕得發抖。」

嗯。

凱莉安一邊喝可可亞牛奶一邊沉默著。

四周很安靜。只聽到外面的風聲。

我想起一條爲*MAGIC-The Garthing*寫的邏輯哲學。

「2・51結界（Enchantment）

至此不要繼續讀任何字，包括標點。」

就是這樣的安靜感。

那個聲音，凱莉安說，那個聲音所要我面對的，故事，從遇見蔻兒開始，但不是以我和她的分離結束。只是到那裡的話，並不完整。當然，如果此刻我是在蔻兒身旁，那麼到此爲止了，我可以是個安全而幸福的人。

我沒有和蔻兒在一起，我也離開了海洋城市來到這裡。但是並不是很帥氣地離家出走，只是媽媽幫我申請了幾間專科學校，我隨手拿了其中一間的報名表，結果就來到這裡了。

那時候我住在小杜克街旁的一棟三層樓房子，上樓梯左側的底端原本被用爲儲藏室的地方。我叫它閣樓，因爲它讓我想起莎拉小公主。

像現在這樣的下雪夜，片刻之間我唯一的窗戶的窗櫺就會堆滿了雪。推開窗戶，往鎮外的那片森林看去，森林的上方是一團藍黑色融混在一起。遠方的雪看來較爲稀鬆、輕盈，紛紛落到淺黑色的林子裡。

每棵樹的樹梢都亮亮的。

每天大約清晨六點起床，從小杜克街右轉馬車路。小鎮的連繫主要靠的就是東西向的馬車路。

沿著馬車路走，買黑麥麵包當早餐。然後左轉狹窄的哈勒街往鎮外的森林走去。

穿過森林到凱莉安念書的學校大概有五公里的路程。算來十分筆直的林中小徑接著哈勒街的尾端成爲通往南方的唯一道路。

我喜歡在森林中步行的感覺，凱莉安說，我獨自去上課，念書。然後在傍晚時拿著手電筒循原路穿過森林，步上哈勒街，在水井的地方橫過馬車路到這裡。

那時候這家小酒館的老闆是一個老婦人，她叫海倫。媽咪海倫。

這鎮是那麼小，連我念書的學校的學生也很少到這裡來。這鎮唯一能維持鎮的common world的地方只剩下媽咪海倫的酒館了。我會在這裡吃晚餐。

離開酒館之後我通常走酒館後面我稱之爲「天堂之梯」的一道石階。走過賴利的酒窖，穿過一條巷子回到我住的地方。

沒什麼特別需要做的事，沒有什麼特別要會面的人。我並不在意什麼，我只是一個人，所以我無需擔心什麼。

唯一讓我有興趣的就是環繞小鎮的那片森林。我喜歡在裡頭散步，撫摸冷白修長的樹幹，偶爾我也會自己唱唱歌噢。

森林，總讓人感覺到在最細微的地方有生命的蠢蠢欲動。當然危險也是。但是我從未在森林中遇過什麼兔子、地鼠的。孟加拉虎或印度豹當然也沒見過。只有風，還有林中常有的聲音，不知道怎麼發生的聲響。

我會在森林裡隨意漫步幾個小時，但除了那條通往學校的小徑及馬車路之外，幾乎找不到其他可走出森林的路。往往走到一半我就迷路了。

有一次我還特意帶齊了帳篷、睡袋以及幾天的糧食，打算以小鎮為圓心徒步把森林走上一遍。結果我在森林裡過了一夜後，第二天早晨醒來時卻不知道自己身在何處。此後三天我到處尋找出路，但一無所得。到了第五天，所有的乾糧都吃完後，終於精疲力盡地走出了森林。

但是，你知道在我的眼裡是什麼嗎？

我搖搖頭。

那是一片海岸。

海岸？這裡是大陸的中央耶！

我想。

但是我們在大陸的中心，對不對，怎麼可能有海岸呢？

我像是被發現做錯事的孩子點點頭。

凱莉安沒什麼表情。

而且那個我叫做「海岸」的事情或東西，並不是我所知道的「海岸」。當時甚至連「海岸」這個詞語也沒有出現在我的心中。

「那個」，乍看之下，視覺上是海岸，但認知上卻不是。在我的心中，如果海洋城市的海岸叫「海岸」，「那個」實在不知道該叫什麼。

我所知道的海岸是海洋城市式的，豐腴而溫柔，像躺臥在掛著彎刀的華麗帳篷裡的古代阿拉伯女奴。

這裡完全是白的。近處的海岸被巨大的冰塊像蛹一樣包起來，遠處則衝擊著暴烈的浪濤。浪濤一直衝上在我左側百餘公尺高的岬角頂端。

一走出森林，腳下就是冰層。彷彿我正站在兩個完全不同的世界的「界線」。我看見類似極光的東西正在發光，很強的白光。

我回頭看森林，又轉回來看這白色的地域，忽然之間被極大的恐怖襲擊，然後就不醒人事了。

後來有一個林班人員救了我，並指路讓我回到小鎮。至於是否有「那個海岸」的事情，我當然不敢向他問起。

從此我不再嘗試做這樣的徒步旅行。但仍會在森林裡待上很長的時間。

我仍然會在森林中見到一些不可思議的事情，它們自然地降臨在我的身上。

所謂的降臨有一種微妙的氣氛。用比喻的方式來說，就像一個女孩子，只是些微成熟，眸下有憂鬱黑影的女孩子，扯著低低的風箏在森林中，像緞帶一樣地穿越過去。

過去了，但終究會再回來。再回來時便緩慢地停留在我的面前。扯風箏的女孩子如林間之風般消失，而風箏飄落下來，飄落在我的腳邊。

我只是拾取那個風箏罷了。

不過無論如何，並沒有再遇見那次旅行遇見的恐怖事情。

但是我覺得我的身體已經受到了某種損壞。大概也是因爲這樣，首先在學校方面，不管如何努力最後還是以休學做爲結束。而且我一直持續不斷地想起舊日的事情：海洋城市、堤防，甚至是如蜘蛛網交織的戰爭。但現在我離它們如此之遠，如此之遠。

直到有一天，我從哈勒街尾往左前方走進森林裡。那是個假日的早晨。我走了一陣子，在一塊灰白色的大岩石上坐下，眼睛凝望著森林的深處。一面想著休學的事情，一面卻想起舊日的時光。這樣一來就只能盡力地去壓抑如頑強浮標般的悲傷思緒。

於是我開始哼SCOTT JOPLIN的輕快RAG（繁音拍子）鋼琴曲，並且把所有的注意力集中在想如何向媽媽解釋爲什麼休學的原因。但那只是一瞬間的事情。突然間像是有個超大型的幻燈機將「那個海岸」的景象打入我的眼中和腦中。

我從大岩石上嘩的一聲滾下去，躺在地上不能動。和第一次看到「那個海岸」完全一模一樣的恐怖感像是夜半忽然發出巨大聲響的敲門聲襲捲而來，交雜了什麼厄運的宣告、強烈的暴力和無情的質疑。

你知道培根的《仿委拉斯蓋茲所作「教皇英諾森十世畫像」》吧，所有的思緒就那樣殘酷地被憑空分解掉。

那感覺，我仇恨我自己。我無法控制自己的思緒。

我站起來，緩慢地轉身走回閣樓。我看見鏡子裡的自己滿臉都是血，大概是從大岩石上摔下來時撞到了頭。

凱莉安向左側了頭，撥開頭髮。

像螃蟹踮腳走過一樣地縫了六針喲。

幾天晚上我站在窗口看著小杜克街的唯一一盞路燈。但這盞燈的亮光卻像故意弄破蛋黃一般，讓黑暗之中的黑暗漫流出來，使得小杜克街顯得更加黑暗。我覺得很奇怪，這世界總有許多莫名其妙，根本不需要的東西。而且它們又會帶給人們多餘的不安和恐懼。

如果那路燈像「那個海岸」一瞬間被冰凍起來，再也發不出亮光，我一定也會像它一樣，孤獨地失去亮光。

沒有出門後的幾天，我爲了辦休學最後的手續不得已只好再到學校去一趟。

我走進森林。但我實在太疲累了，根本記不住事情。所以我安靜地走著，沒有任何思緒能夠干擾我。

但這是怎麼回事?難道我的心靈已經完全被「那個海岸」的景色所盤踞?

我聽見各種森林中的聲音，與往日聽見的並無不同。一個宇宙和另一個宇宙互相撞擊，在我的四周，波動著，搖搖晃晃然後逝去，不久又回來，又是重覆地撞擊。

每一個星球都有其聲音。

回來時媽咪海倫酒吧的門前燈已經亮了。我熄了手電筒，推門走進去。媽咪海倫從吧台後伸出她粗厚的手掌拍拍我的臉頰，並遞了一份潛艇堡和可可亞牛奶給我。她說，在森林中救我的那個林班人員昨天早晨被發現死在帳篷之中。像是突然遭到了不明物奇襲的船隻上變成的幽靈船船員，那個人員還保持了生前正在讀《唐吉訶德傳》的姿態。首先到達的急救員判斷他是受到急凍而死的。

我曾對媽咪海倫說過我在森林迷路的那件事，（但沒有說『那個海岸』的事）因爲那個林班人員是她的小兒子。

我接過可可亞牛奶，喝了一口。然後我緊咬著杯口，覺得又疲累又悲傷。而且也帶著對自己的憤怒。那一定是我的錯，我害死了他。常常在森林中漫步的我散發出沉重陰鬱的負能量，在那裡形成了一個會損傷人的境域。就是在他救我之前形成的。我應該要知道的，「那個海岸」就在我「看見」的瞬間形成了。「那個海岸」在那裡蠢蠢欲動，他一靠近就被殺死了。我爲了要舒解自己的心情而常常在森林中漫步，結果造成這件事。現在我知道了，那些在森林中降臨於我身上的不可思議的事情，其實是森林想要保護自己的方法。她想要用較爲溫柔的，能夠輕鬆地說「不可思議」的事情來緩和我的負能量，不讓「那個海岸」繼續擴大。

我繃著腦袋持續了一會，接著便重新跌回極度的疲勞之中。

然後呢？

我聽見有人在叫我的名字。

我沒有回頭。

又一次。清晰無比。

我把可可亞牛奶喝完，將杯子和沒吃的潛艇堡擺在一起。

媽咪海倫看著我，用手指了指我的背後，那兒似乎有人站著。

我轉過身去，然後看見她站在那兒。

她說，妳近來可好？

那是蔻兒。

我的檸檬薑汁變冰冷了。

凱莉安拿水潑爐子裡的灰燼，並用火鉗翻了翻小炭塊。

該回家了。她說。

「然後呢？」

媽咪海倫去環球旅行了，我來替她看店。

後來來了一批新的林班人員。

像拿了鉛筆在八開的圖畫紙上擦了擦，留下一些奇怪好笑的痕跡。

「那麼，所謂的『那個海岸』呢？」

我固執地問。

傻瓜，幸福並不是那麼容易來臨的。凱莉安說，不是像這樣子的喲。

她把右手握住，放開。握住，又放開。

蔻兒說：「妳搭船走的時候，我有想走上堤防去看妳噢。

我很悲傷，一直在哭。等我回復過來時，我才發現，這不是我們常走的那個堤防嘛！

這堤防太過於遼闊了，以致於我根本無法看到海洋。我想回頭走到海洋城市裡，可是不知道何時，身後的堤防也遼闊的和朝向海洋的那一側一樣。

所以我成爲失去一切的人。

那時候我才知道，我們既無法安適地生活於有著如蜘蛛網交織的戰爭的海洋城市，想要能夠活著而直接得到海洋的照撫也不可能。我們只能存在於堤防之上，對兩者充滿了執念，但終究是一無所有的人。

我那樣想，有一段日子只是縈繞著不愉快的『那麼乾脆去死掉算了』的想法。然後爸爸帶我搬到一個除了有一小片雜色林和一個小荷池以外，其他完全是不毛的地方。

但是有一天，我聽見了一個聲音。似乎有一個遙遠的國度，以一種陳舊、繁瑣，卻彷彿又有些重要性的聲音在呼喚我。

那聲音像是：面對我，面對我，我是一種你目前困境的解釋。

我想著這聲音的意義及其源由，我排除一些雜事，慢慢地接近問題的核心。直到有一天我終於能看清它的狀態。

「這聲音是清澈的。」

我也聽到了那聲音，凱莉安說，但那到底是什麼呢？

就像是要去打碎小雜林硬殼蟲的身體，釋放出牠們的靈魂似的。

「這聲音幫助我們打碎自以爲是的硬殼，或者就是妳告訴我的『那個海岸』，讓對我們來說是熟悉親切的經驗和情感流洩出來。再藉著回憶讓這些像是不同成分的溫暖氣體融合起來，將我們籠罩在相同卻難以言喻的氛圍裡，並治癒我們的損傷。

它們像是靈魂一般輕盈，也像是靈魂對於本體那樣重要。」

「安，請妳看著我的手，幸福並不是那麼容易來臨的。」蔻兒說，「不是像這樣子喲。」

她把右手握住，放開。握住，又放開。

「就是這樣。我常常坐在小荷池旁看荷池裡的事情，長短不一的荷莖高度、水流的速度、青蛙的鳴叫分貝、露珠的克拉，在半徑2.5公尺的小荷池內，它們都拚命地在說明這就是小荷池。

這就是小荷池。

可是手卻不能爲小荷池說明些什麼，不是嗎？

但是如果把手放進水裡，和其他事情一起說明，把它當作是漂浮的黃禾桿一樣就好了嘛。

手也成了小荷池的一部分，成爲小荷池意義的一部分。

也因此得到了幸福。」

「那蔻兒呢？」

我不死心地問。

仍然在小雜色林和小荷池之間生活著啊。

凱莉安說。

我本來還要問：「那妳呢？」

但是最後還是忍了下來。

我們關好了小酒吧的門。各自回家。

凱莉安就住在小酒吧斜對面，水井旁的一棟有綠屋頂的小房子。那裡原本是媽咪海倫住的地方。

我則走下天堂之梯，走過賴利的酒窖，穿過一條巷子回到我住的地方。閣樓。

凱莉安搬走後，我住了進去。

群妖狂飆疾進的進擊

是一個有新鮮瓦楞紙氣味的早晨。

我坐在白石階上嚼著水芹菜並翻閱昨天寄到的考古學雜誌。窗口的收音機放著小野リサ的法文歌。

由銅管小喇叭和尼龍弦空心吉他構成的爵士樂編曲像是不能觸及的精品商店的玻璃櫃子。

雜誌的專輯是關於一座遙遠的海洋城市的醜聞。自從洋面雨降季開始之後，雜誌企劃的主題就一直圍繞著海洋考古。

小野リサ的歌大概算得上是「城市女郎之調」。這是引自南方大陸的一個籍籍無名的年輕詩人的句子：

於是她們以化妝品專櫃的姿態來臨
彷若探險隊進入熱帶叢林的
青春之泉的地域

（譯自*The Ballad of City Women* Louis Hunt, The Atlantic Ocean Poem, vol. II, 1964）

一隊由大學生組成的業餘考古隊在海洋城市的西方郊區二十八英哩處挖了一條探溝，發現了連綿數英哩長的貝塚群。這個挖掘結果震驚了聯邦的古蹟維護與司法單位。經過緊急勘查，初步肯定了這座海洋城市的下方是古艾斯（Eys）帝國的都城遺址。這樣一來，當年這座海洋城市在興建之時如何能通過有關古代遺跡的調查流程，便引起強烈的質疑。現在聯邦巡迴法院已下達暫停海洋城市運作的禁制令，並且派遣了一支著名的考古隊重新進行調查。正文後並附有該考古隊的隊職員名單，其中有一個助理研究員是我大學同學。

雖然有認識的人參與了行動，但我對類似的海洋考古主題仍然沒有興趣。而且我與那個人並沒有特別的交情，如果他打電話給我，我一定叫不出他的名字。

反過來大概也一樣。

這裡是一個與海洋城市完全相反的地方。所有跟海洋有關的具體事物都像是在來到我居住的地方之前就死絕殆盡的樣子。留下來的，只有在書籍中看見的，如乾枯屍體那般的文字，以及一些美好，卻莫名其妙的廣告詞。

我將雜誌放到我坐的白石階的上一階，把最後1/4截的水芹菜一次塞進嘴裡。帶點生苦味道的甜汁讓人精神愉快。

「你好。」

「妳好。」

「很抱歉，比約定的日子晚了幾天，這個地方好難找。」

「沒關係。」我說。

她穿著METALLICA的T恤，外面罩了一件皺皺的土黃色麻料連身裙。腳上是一雙黑色的2/3高筒馬靴，另外還背了個GIORDANO的大袋子。

「海洋城市的事情已經傳到這麼遠的地方來了嗎？」她坐到我的身邊，看著雜誌說。

「妳也注意這件事嗎？」

「嗯，我就是從那裡來的。」

「是嘛！」

「可是不想再回去了。」

「調查完後她還會再重新運作的。」我說。

她看了看我。

「不是這個緣故。」她說。

「那……」

算了。

她是我指腹爲婚的妻子。

一個禮拜前家裡通知我這件事，並說了她會來找我的時間。

我取消了幾個約會，試著等了兩天。

一個工作上的朋友問了取消見面的原因。我說了之後，他在電話的另一端沉默了一會，「對你來說，不知道是不是好事？」他說。

我幫她把GIORDANO的背袋提到屋子裡，她從袋裡拿了一包東西就去洗澡了。我因爲不知道要做些什麼，於是就繼續讀那本考古學雜誌。

這一期附的四開彩頁是聯邦的古蹟維護單位於緊急勘查時在貝塚群東方1.8英哩處挖的一個探方。那是一個小小的半穴居結構，屬於一般的居住遺跡。

就像是某段時間的架構被重新發現了。

在通往地底的夯土階梯上，還伴隨出土了一些敞口、短頸、寬腹、平底的未施釉陶器。

如果半穴居結構代表了過去的語言典範，那麼陶器則是敘述那個時間片段的意符。它們妥當地安置在一起，便形成了一種可閱讀的古老文本。

這就是考古工作迷人的地方。

「不知道古艾斯帝國是怎麼滅亡的？」我對著剛洗完澡正用一條大毛巾擦頭髮的她說。

她停下動作，「或許，」她說，「是被來自不同空間的群妖所滅亡的吧。」是個幽默的女孩子。

「不過，這個空間的古艾斯帝國滅亡了，或許還有許多其他空間的古艾斯帝國繼續存在。」她繼續說，「被滅亡的空間只遺留下時間的碎片。」

她說完後又繼續擦頭髮。

我雖然覺得不可思議，一時也不知道如何回答。

收音機變成播松岡直也 *A Farewell To The Seashore* 專輯中的曲子。

她擦完頭髮就把背袋提到二樓我的房間裡。半個小時後，她走下來，到廚房去。

她一面煮紅茶一面抱怨我的房間很亂。

（怎麼可能？）

「幸好是雙人床。」她把紅茶遞給我的時候說。

「嗯。」相當傑出的紅茶。

「你覺得我們能生活在一起嗎？」她說。

「我不曉得。」

「要試試嗎？」

「有何不可？事情已經有了開始，如果什麼都不做的話未免對自己太過意不去。」

「你眞的這麼想。」

「嗯。」

「不是爲了討好我？」

「百分之十的程度吧。」

「噢。」

她不再說話，靜靜地喝紅茶。

「後悔了嗎？」我說。

「如果是兩年前的話可能就會吧。」她停了一下，「那時候我有一個男朋友。」

「噢。」

「你想知道嗎？」她說，「你知道了會不會不要我了。」

「如果考慮到立場的話，會覺得很奇怪。第一，我們以後或許要生活在一起。所以妳說了，會不會影響，我不知道。第二，我們今天是第一次見面，妳對我一無所知，我對妳也是。假如我要因爲妳說的事情生氣的話，似乎也找不到一個可以著力的基礎。」

「好像眞的是這樣噢。」她嘆了一口氣，好像很絕望的樣子。

那時候的確是個自由戀愛的美好時代噢。連空氣都甜得令人心痛呢。彷彿在幾條緯線之外的人，都會在你（妳）偶然下樓買點東西的時候，跑到你（妳）身邊來說愛你（妳）似的。

想起來就讓人感動得無話可說。

因此，我也準備好要談戀愛了喲。（當我的心中有了這個想法，男孩子們就像一桶一桶的漿糊倒到我身上。）

在我和他交往的第一個星期，常常會接到莫名女子的哭泣電話。有時候拿起話筒來時，已經有很確實的哭聲。有時候必須等個幾秒鐘或一兩分鐘，才有斷斷續續的啜泣聲。雖然我不知道對方是誰，但總覺得我應該爲她做些什麼。直到有一天，她開口說了話，才知道我能爲她做的事幾乎沒有。

「我好愛他。」

「但是我也愛他啊。」

電話就掛掉了。

我覺得好疲倦噢。我只想安安靜靜地愛一個人，但是事情總不會那麼簡單。就像是我擁有一個衣架，但是連不認識的人都大大方方地走進房間來，把衣服掛上去。好像是全世界只有這個衣架，而所有的衣服都得掛上去才行。

即使如此，那也是我的衣架呀！可能我買它只是因爲純粹喜歡這個衣架本身，並不打算在上面掛衣服。就算掛了衣服，也應該是我自己的衣服，而且只有少少的幾件啊。

但是那些莫名其妙闖進來的人總是說：這是自由戀愛的時代啊。妳也可以把自己的衣服掛到別人的衣架上，但是不能限制別人來掛衣服在妳的衣架上喲。妳唯一能做的是等別人掛上去再把它拿下來，丟在一旁或掛回別人的衣架。

可是我不要把自己的衣服掛到別人的衣架上，也不要別人來掛我的衣架啊。而且那些掛在我的衣架上的衣服實在來得太多又太快，我根本清理不完。我只想愛一個我想愛的人，但是好像絕大部分的時間都在做跟事情本身無關的事。到最後光清理那些衣服就讓我疲憊不堪了，（甚至還有帽子、襪子、斷成兩截的圍巾。）再也沒有能力去記憶我曾是如何爲那衣架心折。

別胡思亂想了。他說。

這是個自由戀愛的時代，妳可以再買一個新的衣架呀。

（然後又等別人的衣服來淹沒它？）

我不要，我只要原來的那一個啊。

有一天，分手吧，他說。

爲什麼呢？你愛上別人了嗎？

是的，但，這不是事情的本身。他說，事情的本身是，這是一個自由戀愛的時代。

那我該做什麼，才能挽回呢？

唉，妳還不了解。他說，妳不能挽回的這個結果，也是事情的本身當中的一部分。

「我回到住的地方，走到床邊，雙手扶著床沿，慢慢地坐到地上。

我一點一點地哭泣。我盡可能地，將哭泣這件事做得很徹底，很仔細。從咬著牙的抖動開始，以昏睡過去爲結束。（說是哭泣，倒不如說是耕田來得恰當。）醒來時，發現只睡了十分鐘。

就這樣，事情像是衝入峽谷的蒸汽火車，不是我能抗拒的。」她說完後拿了我的杯子走回廚房。

收音機暫停了音樂插播一則半島戰爭的消息。重新播放音樂時，播的是山下洋輔彈的爵士鋼琴。

「你的咖啡豆在哪裡？」

「冰箱上面。」我說。

然後忽然聽見她跑上樓又跑下來的聲音。

廚房飄來咖啡的味道。可能是她看見我一直想睡覺的樣子，所以改煮咖啡。我覺得不好意思，這與她的故事無關，只是因爲我今天太早起床，有點不能適應。

但是即使我一直忍耐著要等她把咖啡端過來給我，我仍然像是來不及呼救的溺水者，瞬間被巨大的引力拖入睡眠之中。

作了一個夢。

有一扇蒼白的門。

不僅因爲那是一扇漆著白顏色的門，而是它能讓接近它的人感到虛弱不已。

我走過去，轉動了門把。

那裡面感覺起來像是一個14、15歲的女孩子住過的房間。

不太像是認識的人，但總覺得在哪裡看過。

薄薄的日光穿過窗子落在地板上。盡頭是一隻大狗熊布偶。

她的足跡亦是薄薄的，我能感覺到，仍然在地板上空漂浮著。

白皙的床上整齊地疊著一件黑色的百褶裙。

像是冬日早晨的病房，死亡剛剛離去。

窗邊有一張灰木色的桌子，上面有一盆延命菊。

我下意識地伸手拉開右邊的第一個抽屜。裡頭有一本書，封皮是用樟紅色的麻布很粗糙地縫在瓦楞紙上。

我翻開第一頁。

空白的。

再翻了一頁。

海洋的靜靜小城在芽孢桿菌的時間中。

時間在發芽，分裂無窮無盡的可能性。

可能性分裂越多，產生突變、有缺陷的空間就越多。而所有的空間都互相排擠，等著有一天能將別的空間吞滅，或驅逐到別的宇宙去。

往往最容易被滅亡的都是有突變或缺陷的空間。這也就是爲什麼群妖將首先攻擊我們的緣故。

我們將抵抗的是絕不可能改變的深鬱事實。

七月適合在午後露台玩單人牌戲的季節如今陷入一片深鬱之中。

下一頁。

進行單人牌戲的禁欲主義者能最快獲得消息。因爲單人牌戲的規則、數字、花色常常被賦予預言的力量，而唯有禁欲主義者能專心，不受干擾地進行。

燻鱈魚日獲得消息，豚鼠節那天才擬好策略。

能夠感受到延命菊的眞實性，卻不能感受到策略的眞實性。在那些結陣與群妖接戰之前，仍然只是一堆符號、障礙物，以及虛構的言辭。

道標在暗夜裡發著光。我的延命菊彷彿也在凝視著。

在穿透緘默和凝視之後，我知道，群妖狂飆疾進的進擊即將來臨。

讀到這裡的時候她出現了。

「你讀了我的日記。」

「嗯，是的。」我說。

「幸好你來了。」

「是呀。」

「覺得，」她說，「好可惜喲。」

「是呀。」

「那時候，多說點話就好了。」

「嗯。」

「謝謝你。」

「……」

「那麼，再見了。」

我睜開眼睛之後她將咖啡遞給我。

「作了奇怪的夢？」她說。

「嗯。」我難過得喝不下咖啡，又把杯子放回桌上。

她也不再說什麼。

「不知道那個女孩子現在在哪裡？」過了一會後我說。

她伸手從我的身邊拿了那本考古學雜誌，翻到四開彩頁的下一頁，然後放在杯子的旁邊。

那一頁的左下角有一張彩色圖片。

一副側身屈肢的小小白骨躺在彩頁上的那個半穴居結構的底部。

「海洋城市，會被毀滅嗎？」我說。

「嗯。」

「這就是妳不想回去的原因？」我說。

「嗯。而且我也希望她毀滅掉，」她說，「那樣子的話，或許自由戀愛的時代也會隨之消失吧。」

說完後她便哭了起來。

她手中的紅茶嘩嘩地抖動著。

「我也是來自那座海洋城市的，對不對？」我說。

她一面扁嘴一面看著我。

「你記起來了？」

「嗯，只是想再確定一下。」

「沒什麼好確定的。如果人們不住在那裡，也一定是從那裡離開的。」一口氣說完這句話後她又繼續哭著。

收音機正在播我最喜歡的一首歌，杉山清貴的〈被稜雨所包圍〉。

「我的下巴已經失去了。」我說，「剛來到這裡的第一年，由於一種先天基因缺乏的緣故，我的前排牙齒下方的牙齦開始逐漸腐蝕崩潰。兩個月後，整個下巴爛得跟蜂窩一樣。」

她看著我。

「手術之後有三個月不能說話，也不能從嘴巴吃東西。吃飯的時候只能用一根導管一點一點一點地從鼻孔插進去。經過口腔、咽喉、食道，最後伸到胃裡頭。然後擠壓一些白白黏黏的東西進去。」

我繼續說。

「當時在肉體上一定非常痛苦。但是現在關於那些痛苦的印象幾乎都喪失了。遺留在記憶中的是，隨著下巴的逐漸粉碎，我的身體裡不安以及飽受委屈的部分，經由這種徹底毀壞的過程，也正一點一點地逝去。我感到很平靜、自在。我會仔細地去體會那些鬆軟與瓦解，就像聆聽奇妙的音樂一般。或許，失去下巴對我來說倒是件好事。」

「這樣，妳會不會覺得好過一點？」我說。

她止住眼淚，點了點頭。

我拿起她的右手放到我的嘴上。她輕輕地翻開我的下嘴唇，專心地看著我的人造牙齦，然後便笑了出來。

然後我把考古學雜誌闔起來，收到桌子底下放舊報紙的地方。也喝了咖啡。

「好喝嗎？」她問。

「嗯，相當傑出呢。」我說。

「那就好。不過那是我自己帶的豆子喲，你的咖啡豆品質太差了。」

我們大概會相處得不錯吧。

稍縱即逝的印象

姊姊的花園。

嚴格說來是姊姊和另外二位室友的花園。但是她們兩個人通常早上要到學校上課，傍晚下課後就要立刻到港口邊的咖啡館打工，星期假日當然也是，所以大部分都是姊姊在照顧花園。不過大概也因爲姊姊是大學生，比起是專科生的那兩人要來得輕鬆自由多了吧。

我站在矮矮的楔形木柵欄外看她。姊姊正彎腰給裝在咖啡色蛇木方籃裡的義大利萵苣澆水。我叫了她，她看見我，就笑著把包在頭上有手染碎花圖案的三角巾拿下來，然後跑過來幫我開門。

她幫我開了柵門，我走入兩旁種著幾盆三色紫羅蘭的黃土小路到她住的房子去。那是一棟二層樓的灰白色建築。姊姊已經在這裡住了三年多了，但是這是我第一次來。我坐了十幾個小時的「林鄉」鐵道車，又轉了兩次的市內巴士才到的。

我在門口脫了涼鞋，和一雙有紅條紋的白布鞋以及一雙茉綠色包頭高跟鞋放在一起。穿了棉布拖鞋，拉開白色木門走進去。姊姊把深綠色的連身圍裙和三角巾掛在門邊牆壁的掛勾上才走進來。

「沒有人在嗎？」我說。

「嗯，她們都去上課了。」姊姊一面說，一面把我背的深藍色背包提到二樓去，「我住二樓。」

一樓布置了個小客廳。另外有個廚房，和一間關著門的房間。門上掛了大家由加里設計的新娘捧花月曆。我坐到地毯上，把帽子隨手放到旁邊的籐籃子裡，然後看著放在向陽窗口的一盆姬將軍仙人掌。

姊姊走過來把我放在籐籃裡的帽子拿出來掛到門口的衣帽架上，再走回我的身邊。

「我好想你。」姊姊這麼說，然後彎下腰來親了我的嘴唇。

「我也是呀。」我說。

「中午想吃什麼。」她挺直了身體，將雙手放在臀部上。

「都可以。」

「好吧。」她說完就走向廚房。

「很漂亮的印花裙。」我說。

「我自己做的呢。」她拉拉裙角，轉過頭來笑著說。

「洗手間在哪裡?」

「樓上右轉，左邊那一間。」

「噢。」

洗手間和浴室是分開的。馬桶蓋和坐墊都套了棉布套罩。上面印有淡藍色的小熊和楓葉圖案，還有一些手寫體的英文字母。加厚的腳墊則是淡紫色的格子圖案。

我下樓來，姊姊倒了一杯奎寧水給我，也加了冰塊。還用開水煮了毛豆放在小竹籃裡。我一面喝奎寧水一面大聲地發出「哈啊」的聲音。

我吃完毛豆以後就到廚房去看姊姊做菜。她已經做好了水果沙拉。

「冰箱裡有昨天晚上做的青梅子泡菜。」她說。

正在烤大約有兩公分厚的旗魚片。

冰箱上有《卍Psy幽記》裡的守護神布休可樣子的磁鐵，也夾了幾張紙條。

第一張是「記得買苜蓿。」

第二張只看到「沫沫」的簽名。

第三張則好像是NEWALIA特急航空的空中小姐招生簡章。

我打開冰箱，裡面還有三杯綠茶凍糕。

「等一下吃不下飯。」姊姊看我想伸手去拿便這麼說，我只好把冰箱關起來。

味噌湯的味道瀰漫開來，紅味噌的味道。姊姊打開鍋蓋把豆腐、海帶芽和蘑菇丟進去。

「你到客廳去好了。」她說。

我走到她的背後抱了抱她，就回到客廳裡去了。

我想看看電視，但是沒有電視機。我看見我原本放帽子的籐籃裡有一些畫本和雜誌，便翻了一下，拿了一本插畫集，*The Musicians by Sempe*。裡面畫的是許多的樂器演奏者。我一面翻一面打起瞌睡。

「先吃沙拉好了。飯等一下就好了。」姊姊不知道什麼時候拿了水果沙拉過來，擺在我靠著打瞌睡的，覆蓋著淺褐色長條紋麻布的長方形矮木頭桌上。她看了看我，然後去打開放在我的左方的七格木櫃上的CD唱盤。大概是Huey Lewis & The News的歌。南加州搖滾，像是糸井重里描寫的城市衝浪者的感覺。

然後她又回廚房去了。

沙拉裡有蘋果、芒果、鳳梨的切片，上面還灑了碎碎的pistachio色的透明檸檬果凍。另外也加了煉乳。我一邊用一支頂端裝了個小公主瓷偶的金色叉子吃著沙拉，一邊聽Huey Lewis唱歌。

「可以吃飯了。」姊姊先將放水果沙拉的蓮花口玻璃碗、放毛豆的竹籃子和裝奎寧水的

Highball Glass收回廚房，再把煮好的東西放在用灰褐色細長木條併成的盤子上端到客廳來。

這時候我則一直看著她穿的白色小雛菊藍布短衫。

「差不多吃飽了。」我說。

「不可以不吃飯。」她笑著說。

菜單是：

☆像一塊島的烤旗魚片和半月形檸檬片放在有一支蘭圖樣的仿古染付方盤裡。

☆白飯。盛飯的白瓷碗上有四個炭筆畫小雪人。

☆用黑釉天目碗裝的味噌湯。

☆涼拌柴魚韭菜放在清水燒的小方碟。

☆青梅子泡菜放在像是舊的萊姆汽水瓶子顏色的荷蘭手燒玻璃碗裡。

兩個人是一樣的。

我吃完飯就去拿綠茶凍糕。回來時姊姊已經收好桌子，也換了CD唱片，是小林明子的精選輯*THE LUXURY OF LIFE*。第一首歌是'85年的閃亮冠軍曲〈におちて——FALLIN LOVE〉。

姊姊去洗碗，我坐在地毯上吃綠茶凍糕。

吃完後就瞇著眼睛趴在矮桌上。

陽光照在打開門的門口和窗口一點點的地方。一棵仙人掌就像是一片沙漠一樣，有一種野野的，神祕的樣子。

遙望著遼闊的星辰，呼吸憂鬱的駱駝商隊的氣息，隨手讀Antoine de Saint-Exupery的《風沙星辰》，那種浪漫的樣子。

我醒來時，姊姊抱著紮成糖果形的抱枕，正看著我。

「要不要去走走。」她說。

「好啊。也可以去游泳吧。」

「嗯。」她說。

「我的泳褲在袋子裡。」

「我去拿，你等一下。」

她走到樓上去。我又坐了一會，然後站起來走到門外。穿過花園，走到柵欄外。

我站在柵欄外，聽見車子的聲音。我轉過身去，姊姊從房子的後面開了台桃紅色的MINI COOPER出來。

我走到車子的旁邊，姊姊由車裡幫我開了門。

「買的？」我坐進去的時候說。

儀表板、方向盤和手排檔上都鑲了核桃木紋。轉速表、油表、速度表，圓圓的，很俐落像會割指頭的樣子。油表的那個白底圈圈裡還印了油綠色的：

MINI

MORRIS

COOPER

1275

眞是太可愛了。

但是，沒有音響。

姊姊從後座拿了台收音機放到我的腿上。那裡還有個紅磚色的沙灘型帆布袋子。

「音響呢？連卡帶匣的也沒有。」我說。

「借來的時候就沒有了。」姊姊打了一檔。

「被偷的？」

「車子一買回來她自己就拆掉了。」緩緩地放開離合器，踩下油門。

「眞是奇怪的人。」我說。

車子向左轉了一下，換成二檔，發出叩叩的聲音開到泥土路上去。

我轉開收音機，是TUBE的〈女神達よそつとおやすみ〉。
泥土路大約只有兩百五十公尺，車子就右轉上了二線道的柏油路。
往前面看出去，這一側的車道上只有一輛五百c.c.的摩托車在慢慢前進。
然後我趴在窗口：
麵包店。
花店。
……。
……。

Kansas餐廳。
五百c.c.的摩托車……。
釣具行。

TERRAZZO。
……。
TIFFIN。（「頭不要伸出去。」）

……。

……。（「沒有什麼車子。」）

市道124↑。

……。

……。

……。

……。

教會！

……。

……。

……。

……。（「好舒服。」）

CoCo婚紗。

水園花嫁。

……。

萩茶屋。

……。

限速75 120。

……。

有隻大恐龍@mark的輪胎行。

車子出了姊姊住的小鎮，我把頭縮進來。

除了路以外，四周好像都是廢耕的農地。

遠處有一座巨大的，

1、

2、

3、

4、

5、

6。

六層的立體交叉道。

但是從現在的距離看起來卻像是輕盈地飛翔著。

右前方則有另一條路接過來。

「我們現在要去哪裡？」我說。

那條路也穿越大片的廢耕農地，一直往右前方的地平線延伸過去，但是看不到盡頭，就那樣子憑空消失掉，簡直無法想像那邊有什麼東西。

彼方，有無數的彼方，孤零零的。

「不是要去游泳嗎？」姊姊說。

車子經過兩條路的交會口，自此市道124變成四線道。

BGM也變成冰室京介的〈SUMMER GAME〉。

「到哪裡去游？」

「我們學校的游泳池。」

「噢。」

左邊好像有印第安人在燒狼煙。

不知道在說些什麼。

（下班後到八佰伴買橄欖油回來。）

大概不會說這個。

（年底一起去洗溫泉。）

這個可能性也不會很大吧。

這裡原來不知道種些什麼。

好睏喲。

姊姊是那麼的漂亮。長長的睫毛、涓涓的眼睛、挺挺的鼻子、薄薄嫩嫩的嘴唇，如果微微碰到，就絕對不忍離開手的臉頰。

左耳的耳垂上有一顆紅色的小痣。（雖然現在從這邊看不到。）

每一次仔細看姊姊，我都會有親手揉掉一張直挺的白色影印紙的哀傷感覺。

姊姊換了件短短鬆鬆的鵝黃色短袖圓領連衣裙，腰上還輕輕地繫了條同色的小帶子。腳上只穿了粗厚的深水色沙灘型涼鞋。

雙手纖纖地觸著方向盤，指甲也剪的很乾淨。

「在幹什麼。」姊姊說，柔聲地。

「姊姊有駕照了嗎？」

「還沒有呀。」

「是嘛。」

結果終於，我抱著像是要去獵殺中世紀噴火飛龍的悲愴心情，一步一步地接近那座巨大的六層立體交叉道。

不過車子在離立體交叉道還相當遠的地方便轉到左邊的一條小路裡。四周仍然是廢耕的農地，然後慢慢地有一些二層樓、三層樓的不起眼灰白建築物。接著有一些小商店，建築物稍微密了一點，這時候便看到了姊姊的學校。

姊姊繞過了學校的大門，將車子開往這座龐大學校的邊緣深處。然後停下來。

我讓正在唱歌的Mr.Children閉上嘴。

「下車吧。」姊姊說。

我下了車，姊姊轉身拿了帆布袋子。

那裡有個生銹嚴重的小鐵門，姊姊推開它，先走進去。

我也跟著走進去。有一片矮矮的雜色林子。不一會，我們穿過去，看到了條小石板路，右邊就是游泳池。

蜂巢形的玻璃帷幕天頂讓人覺得像是要去搭飛船的樣子。

「這是我們校隊專用的訓練池，另外有個開放的大游泳池舊館在靠近總區的地方。」姊姊說。

所以這個游泳池原本並不對像我這樣的外人開放。但是因爲姊姊是校隊，加上她和管理員也很熟的緣故，管理員就讓我們進去了。

我們進了更衣室，姊姊打開袋子，把我的泳褲拿給我。然後她轉過身去，背對著我，先蹲下去把涼鞋脫掉擺在一旁，再脫下連衣裙。（並甩了甩靜靜覆在頰邊的頭髮）折疊整齊後放進袋子裡去。

也脫下了後扣式的淡紫色胸罩和底褲放進袋子裡，再拿出泳衣穿上。

姊姊轉回身來面對我的時候，我也已經換好了泳褲。她從我的手中接過換下來的衣物，一件一件地折好，收到袋子去。然後打開她的鐵櫃，拿出兩頂藏青色泳帽。最後把帆布袋子和兩雙涼鞋放進櫃子裡。

姊姊穿的並不是比賽用的泳裝，只是一般的一件式泳裝，ellesse的「比海和晴空還稍微深一點」（雜誌裡的廣告詞）的藍色泳裝。胸下有兩道白線夾著一道紅線，胸上則有ellesse的白色標誌。

「是贊助廠商送的。今天是第一次穿，你覺得好看嗎？」姊姊看著自己的食指來回撫摸ellesse的白色標誌，一面說。

「嗯，很好看呀。」我說。

我們先去淋了冷水，戴了泳帽，然後走到游泳池旁。游泳池沒有人，並不是校隊練習的時間。

當然是這樣，不然姊姊怎麼會帶我來。

依規定做了學校教的暖身操才下水。但是我並不會游泳。學校裡教了換氣和蛙式，不過我還沒有學會。

除了空手道以外，其他的運動都不怎麼行。

所以姊姊先游了兩趟一百公尺的蛙式做示範。然後她先教我站著做扒水的動作，再牽著我的手教我做踢水練習。大概半個小時後，她改用右手扶著我的肚子，讓我手腳並用地試游。

那個情形看起來一定非常奇怪吧：在一個新穎亮麗的標準競賽池裡，有一隻不幸長了挖土機機械臂的黯然神傷的青蛙正要游向世界的盡頭。

就這樣練習了一個多小時吧，雖然極端困難但終於可以游十五公尺左右。

實在太累了，就不再練習了，靠在1號跳台附近休息。

姊姊從我身邊用自由式以對角線游到對岸，再用仰式游回來。故意讓頭碰上我的肚子，然後就這樣仰浮著。

我雙手扶著她的臉頰。姊姊閉上眼睛，雙手輕碰著我的大腿。右腳有時緩緩地划動著。

我脫掉她的泳帽，她的短頭髮就在水裡和我的手之間漂呀漂呀的。

不知道為什麼，現在忽然想到HOLST的*THE PLANETS*（by Boston Symphony

Orchestra）。

那麼遙遠。

但那不是我和姊姊的關係！

姊姊闔上的眼睛像是甜果凍。

環繞貝斯卡多瑞斯群島的海也是。

（以雀躍之心向天空和海洋的交界出發。）

過了一會，我們離開游泳池，坐在池邊休息。

姊姊到更衣室裡拿了大浴巾出來把我包著，然後坐在我的後面抱著我。

她將下頷靠著我的左肩一絲一絲地呼吸。

午后接近傍晚的陽光透過玻璃天頂照進來，暖暖的。

態度上想必也是如同由蘇格蘭烙餅與錫蘭茶所組成的下午茶那般地，十分的優雅。

因爲晚一點可能會有一些校隊隊員來練習，所以我們坐了一會就去沖水。也用了天然肥皀乳液和溫水稍微洗了澡。

我先洗好澡，換了衣服就到游泳池的門口等姊姊。她出來的時候先去向管理員道謝。

我看見姊姊擦了口紅，而且有C.D. Miss Dior的茉莉花香。

直到我們走回停車子的地方，我才趁機親了她的嘴唇。

「是在東田AMY新買的KesalarPatharar。」姊姊一邊笑著，一邊用右手小指頭按著嘴唇。

我們坐進MINI COOPER。我打開收音機。

姊姊把車子迴轉，看來是要循原路回去。大概要回家了。

居然是Mark Knopfler的*LOCAL HERO*，真是太好了。

不知道要去哪裡。

結果，

The Mist Covered Mountains……

也無法聽完。

那些無聊的灰白建築也covered by mist。

要接上市道124了嗎？

「想睡覺嗎？」姊姊說。

「嗯。」

「鐵道車上很難睡吧。」

「還好啊。嗯，哪裡，去。」

「先睡一下，到了再跟你說。」姊姊笑著說。

怎麼了？

會回到廢耕的農地之中吧。

爲什麼會不再耕作了呢？

姊姊微笑的時候，鼻樑上會有一道細細的皺紋。

那樣委婉的笑容，就像是琉璃外沿被冬天季風拂拭而過的聲音。那聲音僅沿著肌膚的表面微微地震動，鋪列，卻不會粗糙地爲耳朵翦取。

或許那道皺紋是所有秘密的所在。

它剝除了實感。

就像是「方法論可能已經探究了，但實質的內容卻還在遙遠的一端。」的感覺。

「到了。起來吧。」姊姊說。

結果根本沒有睡著，但是發呆的樣子和狀況與睡著無異。

收音機不知道哪時候關掉了。

我看向車窗外，左邊視線被一片修剪整齊的樹木擋住，不知道後面是什麼。右邊則是一大片綠草皮，上面有幾家店，看來都像是餐廳的樣子。再遠的地方有船，大概是在海邊了吧。那麼車子應該是往姊姊住的地方開的吧。

看見的船是像奶油刀子號那種加裝蒸汽機的三桅帆船。

「要找妳的室友她們嗎？」下車的時候我問了姊姊。

「沒有啦，她們的店還要再進去一點，更靠近港口的地方。」姊姊說。

我們走到最外圍的一家小小的露天餐廳。延伸的白色天棚邊緣掛了個木頭的小招牌，上面烙印著FERRYMAN字樣。

天棚底下只有五套木褐色桌椅。其中三套坐了人。我們選了一套坐下。

在我的右手邊二公尺的地方還有個半圓形吧台。那裡坐了兩個人。

現在從音響喇叭裡傳出來的是杉山清貴80年代的冠軍曲〈水中的呼喚〉，充滿了夏天的清涼感，是我最喜歡的幾首歌之一。

這樣就形塑了一個氛圍，雖然是露天的餐廳，也能在心理上和其他的店巧妙地區隔開來，就像是《超時空要塞》7號的防護罩一樣。

穿著白襯衫、圍了紅圍裙的男服務生拿了白瓷餐具和像是小牛皮做的菜單來，並幫我們倒了檸檬水。

我點了海鮮沙拉之後就不知道要再點什麼。姊姊拿過菜單，稍微翻了一下。然後看也不看服務生，用手指頭指了指菜單的幾個地方。服務生點了兩次頭，伸手拿了菜單，轉身走進吧台左側的一個券頂小門裡。

隔壁桌上擺了個十二吋的綠色冰淇淋奶油蛋糕。有三、四個人一面唱著生日歌，一面拍手。壽星大概就是摟著一位可愛女生，正靦腆微笑的那個男生吧。

我從來沒有參加過類似這樣的生日會。並沒有什麼人會邀請我去參加，而我自己則沒有過生日的習慣。

但是姊姊一定會記得送禮物給我。（這麼說好像沒收過別人的禮物。）

「看見小精靈了嗎？」姊姊忽然這麼說。

我看了看她，笑了出來。

這是今年第一次聽見這句話。

是我和姊姊的密語。

小精靈這種東西是這樣子的：想要看他們的時候，他們就像是懷著連躡著腳走路的貓都無法忍受的心情似的，從星球上消失。（對我來說，最近類似的情況發生在渡瀨政造的漫畫和RED WARRIOR的唱片上。）不想見到，或根本忘了有他們這種東西的存在，或是即使見到了也不會太高興的時候，連在Wellcome的賣場也能遇上幾個。

但是無論如何，看見小精靈的這件事，再怎麼想說出來給別人知道，也都是無法開口的事。

所以姊姊就發明了用「看見小精靈了嗎？」來形容一個人無法順利表達一件事情的時候，像是看著發酸牛奶的哀傷神情。

結果發明這一句話的那段時間裡，我和姊姊大概一起看了1844767次的小精靈吧。
所幸現在我和姊姊之間已經很少看見小精靈了。
「沒有啦。」我說。
姊姊笑了笑。她大概也會想起以前的事情吧。
（BGM：《10％の雨予報》by H2O）
天氣尚佳。
四周各式各樣的燈此時一起亮了。
吧台裡的玻璃杯子交織成一片色彩之海。
先端上來的是用白色大瓷盤裝的海鮮沙拉（附銀色大湯匙）。材料和煮法是：

※燻鯨魚片
※冷蝦
※水煮烏賊圈
※ALASKA鮭魚卵
※烤豬肉條
※甘藍菜（生菜）

※鴨兒芹（生菜）

※漬橄欖

姊姊用大湯匙分了一半沙拉到我的盤子裡，自己則分了剩下的二分之一。

生日宴會的左後方那一桌也坐了一男一女。女人正好面對著我，是個穿著相當薄而且短的紅色襯衫（幾乎只到乳房下方五公分的地方。）和非常短的黑色緊身裙的美女。臉上的粧也化得很適宜。仔細一看，居然是阪井莎莉。

我在《若敵》裡看過她的演出。
片中充滿著竇唯的〈開心電話〉的哀愁感。
褐色調的色度。
在那樣輕快的節奏中，阪井莎莉和另一個女人爭奪相同的男人。
從頭到尾沒看到那個男人，而另一個女人只有一次在服飾店櫥窗玻璃的反射裡看到發亮的影子。

她在冬天的街道買糖炒栗子，聽見沙沙的聲音的那一幕最令人感動。
阪井莎莉在片中一句話也沒說。
由Surround樂隊全部用木笛和簡單打擊樂器作的配樂也非常好，連核桃木椅子也不得不重新長出根的程度。

接著上的菜是烤羊排。

淋著甜甜烤肉醬的帶骨羊排，在肉的部分眞的是一點也不誇張的入口即化，頗令人感動。而骨頭的形狀也有著無可挑剔的彎曲度。

不過另一道淋著蛤蜊汁的蔥燻鱒魚排就不好吃了。可能是用了冷凍鱒魚的緣故，肉質很差。蛤蜊汁也過甜，像是使用了人工合成的調味湯塊。

在阪井莎莉的左手邊，離我大約五公尺的那一桌僅坐了一個留長髮紮馬尾的娃娃臉男人。嘴巴的周圍留有明顯的鬍渣。身上穿著類似GIORDANO那一類普通的尼龍格子襯衫。桌上擺著一杯喝了一半的冰咖啡和一疊稿紙。他拿著筆，好像一直在努力寫些什麼。有時候會停下來，用右手支著頭，大概在想什麼事情。或許他會覺得自己這樣很有sense吧，然而實際上看起來非常呆。

就這樣，我也把最後一道義大利蘑菇奶油通心粉給吃完了。奶油相當濃，幾近黏牙，但很好吃。美中不足的是蘑菇沒什麼味道。

「要不要用點甜點？」服務生來收餐具的時候問。

海鮮沙拉和鱒魚排都沒吃完。

「要不要？」姊姊說。

「好啊。」我說。

服務生把菜單交給姊姊，姊姊又交給我。我點了乳酪布丁和Espresso咖啡，姊姊則點了起士蛋糕和柳橙汁。

由喇叭傳出來的音樂，在The Checkers的〈100Vベンぎン〉一唱完時就停止了。

在天棚外的草地上，有一隊三人樂隊正在準備著。貝斯手和saxphone手是男生，主唱是個綁兩根麻花辮子的大嘴巴女生。

讓我想到Dreames Come True。

甜點送上來的時候，貝斯手先試彈了幾小節不知名的樂段。然後開始正式表演。

（saxphone手和大嘴巴女生不知道爲什麼一直在笑。）

第一首歌是Beatles〈A HARD DAY'S NIGHT〉的爵士版本。第二首是〈DRIVE MY CAR〉，第三首則是〈YESTERDAY〉，都改編成充滿貝斯和saxphone獨奏的加長爵士版本。

雖然說一開始他們讓我想到Dreames Come True，不過女主唱的聲音並沒有吉田美和的好。可是貝斯手solo時的技巧卻遠勝中村正人，很有Charles Mingus自由派爵士的味道。

確實是一個很好的貝斯手，應該去出唱片才對。

我們吃完了甜點，（咖啡甚至比即溶的還難喝，但是乳酪布丁和起士蛋糕卻美味的過於神奇，讓人覺得背後有什麼惡意的陰謀似的。）又聽了一會音樂。姊姊趁樂隊唱完〈SEND

IN THE CLOWNS〉後，休息喝天然氣泡式礦泉水時，起身去付帳。

「好了，可以回去了吧。」姊姊說。

「嗯。」

我們坐進MINI COOPER，車子緩緩起動時，saxphone冷傷的北方民謠曲調流瀉出來。

其實saxphone手也不錯。

車子在昏暗的小柏油路上前進。

我已經失去目標感。

車子繞過原本左邊修剪整齊的樹林，上了一條黃土路。

不一會，出現了一些看不太清楚的房子，然後向右轉，又接上一條柏油路。

結果左前方，對面，看見了下午看見的教會。它的大mark正在閃閃發光。

已經回到姊姊住的小鎮。

在夜裡，像一尾魚般地弧形左轉。

右轉。

游向姊姊住的地方。

車子經過姊姊的花園，停在房子的後門前面。

兩層樓的燈都是暗的，還沒有人回來。

我們下了車。

褐色的薄木門。

旁邊牆上掛了像是單翼螺旋槳飛機用的救生燈。

姊姊開了燈。

「要不要先洗澡？」她說。

「嗯。」我說。

我們穿過廚房，走上二樓。

姊姊沿路開了燈，然後走進一個房間。

我站在外面等她。

隔壁的房間是開著的，門前走道上的燈光照了進去。

我忍不住向裡頭看了一下。

大概三坪大的房間。沒有床，棉被、毯子收拾整齊地放在角落，另外有一張可折疊的鐵架躺椅靠在上面。牆壁上則貼了好幾張海報，包括了岡村孝子、山上智也（中京高足球隊MF）、永瀨正敏以及Morris Louis *Alpha-Pi*（1960）的複製畫。

窗戶旁則掛了有齊藤敏子風格的碎布畫，下面有一張折起腳來的木頭桌，左邊還有蘋果綠的塑膠衣櫥、幾個透明的附輪子大塑膠箱子。

特別的是，有幾個土黃色小木櫃在房間裡鋪著綠、紅、黃、紫四色拼裝地毯的中央圍成一個「吧台」。靠右邊的牆角放了個夾著黑色小檯燈（包了藍色塞璐珞紙）的雙層木頭書架，上面擺滿了好幾種酒、飲料、冰鑽、彩色吸管、各式玻璃杯子和小竹籃子等等。旁邊還有個野外釣魚用的冰箱和手提cd player。

姊姊走出來，手裡抱了一疊衣服。

「在看什麼，我們昨天在玩酒吧遊戲。」她把衣服交給我，還有浴巾。「洗髮精、洗面乳和肥皂浴室裡有。」她說。

我走到浴室。

浴室小小的，很乾淨。有個大概只容得下十二歲小孩的浴缸，裡頭有一個橘色的塑膠水瓢和淋浴的蓮蓬頭。

洗手臺上方的鏡台上有一排ACSEINE敏感性肌膚專用的保養品、一塊聞起來像是D-MAX的白色香皂和一小盆用栽培土種在竹罐子裡的羊齒蕨。底下有一瓶Dubby浴室清潔劑。旁邊則掛了個青綠色的兩層鐵架子。上層有LOCCITANE的天然肥皂乳液、Fu balance洗臉乳液、UN COSMETIOS的化妝水。下層有弱羽保濕／修護洗髮精、TOMASH超氟牙膏、三把牙刷（REACH防滑握柄型／LION超細刷毛型／DAY AND NIGHT右手專用型）和二個Plum Creek的小獵狗玻璃杯。

對面的毛巾架上除了三條Cheer Tony的彩色寬條紋毛巾外，還掛了一套深紅色的JOG-BRA運動型內衣、二頂有小太陽圖案的浴帽以及一個怪獸嘎奇拉形狀的泡泡棉。

我用了弱羽保濕／修護洗髮精洗頭，和LOCCITANE的天然肥皂乳液洗了澡後，擦乾身體，出了浴室。

在樓梯口遇到姊姊，她拿了條有她的學校校徽的新毛巾讓我包著頭，然後換她去洗澡。

我走下樓，走過客廳。

打開前門，走到姊姊的花園。

氣溫很好，薄薄的涼爽青草味在我的肺裡安歇。

黑夜。

並不是我從前認爲的，「整個」一起來臨。

眞正黑夜的實體，只是像隻迅猛龍一樣，在花園的一角輕輕地蹲著。

其餘的，僅是一種人們既定的印象，稍縱即逝的印象。

閉上眼睛的話，就會消失。

但是眞正的黑夜實體並不會。

因爲，如果會的話，我們就無法說出口。

起了薄霧。

我坐下來，坐在分隔甜豌豆和旱金蓮花的紅磚上。

我的前方有一圈種著矮向日葵的花圃，一些草莓，和蒲公英。再過去就是楔形木柵欄。

然而就在我的眼前，混合著黑夜的印象和薄霧的地方，彷彿和我所在的位置是分屬完全不同的空間。

在我前方的，好像是一個我從來不知道的世界。

可是，與其說「那裡」有一種空間感，倒不如說是一種時間感。「那裡」並不是要到達之處，而是要到達某處的通道或路徑。

時間就像在花園、水氣和黑夜的印象之間反覆運作，自然產生了遙遠未知的氣息。

讓人興起去旅行的欲望。

姊姊正等待著我呢。

但是其實我哪裡也不能去吧。而且我所想去的地方實在太遙遠了，那是一個無論從哪裡前去都是遙遠無比的地方。

我在流淚。臉因此濕了。

姊姊會等到什麼時候呢？

不哭的時候，「那裡」不見了，一切恢復原狀。

花園附近的景色重新結組了存在感，那就是與我本身和所在位置相同的存在感。如此，就像是我和姊姊的通道完全斷絕了。

「出來坐多久了？」姊姊站在我的身邊，「會感冒喲。」

「一會而已。」我抬頭看著她。

姊姊穿著撒落可愛的亮藍色小折枝花圖案的白色短袖睡衣和短睡褲，頭上套了個像聖誕老人帽子似的粉紅色布套。

姊姊也坐下來，一聲不響地用右手挽住我的左手，然後把頭靠在我的肩膀上。

「你明天就要回去了嗎？」

「嗯，因爲說了很多謊話才能來，所以不能待太久。」我說。

結果兩個人都沉默下來。

看見了小精靈。

「這花園很漂亮耶。」我試著這麼說。

「剛搬進來的時候，像是B—52剛轟炸過的北越陣地。」她說。

我想像著B—52巨大的身軀如何像蝴蝶一樣飛到姊姊的花園裡來。

後來想起了那座下午見到的輕盈的六層立體交流道。

「該睡囉，明天早上要趕鐵道車吧。」姊姊說。

「嗯。」

我們回到姊姊的房間。

我們坐在單人彈簧床上，姊姊把布套拿下來讓我幫她用吹風機吹乾頭髮。

只用弱風。

一邊吹一邊撥動她的頭髮時看到了我所熟悉的，她的左耳耳垂上那顆紅色的小痣。

以前匈牙利王曾說過聖女貞德的左耳後有個發光的紅點。

我在一次Surround的演唱會中偶然間認識過一個叫做瓊的女生，但是她說請叫她Joan。本名叫瓊就說是瓊好了，實在不曉得爲什麼她要別人叫她Joan。後來想想可能是瓊的英文音譯是Joan的關係。

這樣子回家後還不安地爲了這件事情特別查了字典，結果發現Joan是聖女貞德的名字。聖女貞德的英文全名是Saint Joan of Arc。法文則是Jeanne d'Arc。

聖女貞德的故事好像常常聽到，Otto Preminger 也拍了一部叫*Saint Joan*的電影（一九五七）（珍西寶演聖女貞德），可是我對於具體的內容仍然是模模糊糊的。假如忽然問我的話，我或許連她是法國人或是英國人都說不出來。就像回答《阿拉丁神燈》的故事是出自於東方夜譚或是西方夜譚的這類腦筋急轉彎的問題一樣。

因此，第二天我下定決心要到圖書館去查聖女貞德的資料。但是書卡上所登錄有關聖女貞德的資料很少，所以只好上圖書館的電腦網路去查。找了書名、主題、關鍵字，比較集中討論的書也不多。另外也找了人名百科全書、*WHO'S WHO IN FRANCE*一類的工具書，這樣一來才多少有點粗淺印象。

聖女貞德（大約是6/1/1412～30/3/1431）自己的簽名是Jehanne。

雖然每筆資料寫的聖女貞德的故事都不一樣，定位也不一致，但總之她是在英法戰爭中勇敢解救法國的女英雄。到了一九二〇年五月十六日教皇班尼迪克為她舉行成聖禮，正式成為聖者。

當然像我這種喜歡讀童話故事書的人，比較注意的無非是那些炫麗奇蹟降臨的部分。結果每次讀到她被火燒死的結尾，有一隻白鴿子從火焰裡飛出來的時候就一直哭。

對法國人來說聖女貞德也許就是一種解救的形式，至少在美好的理想上是這樣。也因為多少帶了點魔幻的味道，而更為迷人。

解救的形式是可以變成任何的樣子的。聖女貞德是降臨給法國的解救形式，就像輸入精良的解毒程式，啪的一聲，生病的電腦又恢復健康，法國也獲得了勝利，好看的簡單的貫時性美好故事。

而對我來說，所謂的「姊姊」，就是特別降臨給我的解救形式吧。

那隻白鴿子現在飛到了我的身邊，從聖女貞德變成了姊姊。

關於這裡的「形式」概念最好的參考是Sting在談〈Every Breath You Take〉這首歌時說到的「Minimalism」的音樂結構。它讓〈Every Breath You Take〉「具有極大的悲劇洗淨的舒解效果」。也就是說「Minimalism」使得〈Every Breath You Take〉變成一種對聽眾情緒的解救形式。

我和姊姊躺在鋪了卵白底，有淺綠和淡褐色細線條紋的毛邊薄毯子的地板上。

她親了我的嘴唇，我也抱著她。

有一種纖微薄柔的感覺我應該怎樣說呢？

彷彿透明了僵硬沉重的心臟，連血液都換成了綠瓶子的PERRIER礦泉水。

咕

嚕　白

咕

血　嚕　咕

嚕

球　咕　嚕　紅

血

咕嚕　咕　嚕球

咕嚕　咕

嚕　咕

咕　嚕

咕嚕

咕　血嚕

小　咕

嚕板

像小金魚在小小池塘裡游著所吐出來的氣泡。

想起了小森林。

在我更小的時候，那是我和姊姊周圍還充滿著小精靈的時候。

有一次姊姊高興地用一個據說相當準確的心理測驗問我。

心理測驗的名字就叫「小森林」。

內容是這樣的：

想像你走到一座森林裡，請問：

1 你想你遇見的第一隻動物是什麼？

再繼續走，

2 遇見的第二隻動物是什麼？

不久你看見了一棵大樹，樹枝上掛了一把鑰匙。

3 那把鑰匙是新的或是舊的？

你拿了鑰匙往森林的深處走去，最後看見了一間木頭房子。

4 你覺得木頭房子的門是開著、關著還是半掩著？

不過無論如何你還是走了進去。裡面沒有人，但是房子的中間有一張桌子。

5 是圓的還是方的呢？

桌子上則擺了個杯子和一瓶花。

6 杯子是木頭的，還是玻璃的？

7 花是怎麼樣的花呢，有很多呢，或很少？只是一種花或是很多種花呢？

結果你在晃來晃去的時候不小心把花瓶碰落到地上，摔破了。

8 你會怎麼處理那些碎片？

大概覺得很無聊，所以又走出去，這時候看見了一個湖。

9 這個湖有多大呢？

10 那麼湖上有天鵝嗎？

11 假如有的話，有幾隻？

因爲湖色很美，就決定到湖上去划船，卻一不小心翻了船。

12 在即將淹死之前，假如會想到某個人的話，你第一個會想到誰？

在這裡就這樣子條列出來眞的就像一座小森林一樣，給人一種幾乎所有的樹木、河流和草地都是必要存在於這座森林之中的感覺。不過姊姊在說的時候卻加入了無數的小細節，對當時的我來說，簡直變成了一部波瀾壯闊的多結局互動式超通小說。

我在小森林之中有時候想像自己是草地上的兔子，（因爲太疲倦，我的眼睛現在說不定眞的紅得像兔子吧。）有時候變成尋求溫暖土壤的土撥鼠也可以。如果想在小小河流裡築點東西的話，就要成爲水獺。

築起小小的家。

順著小小河流而下，到達圍繞在小森林旁邊的小小的海洋。

岬灣裡有座頭鯨在嬉戲。

也看見了企鵝。

但是企鵝會不會和座頭鯨在一起玩我並不知道。

貓會和毛線球在一起玩倒是知道。

當時的回答已經忘記了。（但是如果要仔細想的話或許可以想起來。）

然而有一點倒是記得很清楚，那就是回答最後一個問題時看見了有史以來規模最大的小精靈花車遊行。

我把頭埋在姊姊的睡衣裡。

姊姊細細哼哼地笑著。

「姊姊……

可是即使是在小森林裡也不會想變成犰狳。

因爲我對犰狳這種動物一點也不了解，甚至我從來沒看過犰狳。

但是有一次不知道爲什麼居然會單獨跟一隻犰狳在同一個房間裡。

那一次我眞的領受到什麼叫做犰狳了。她完・完・全・全地把我當成垃圾一般看待。只要我接近她一點五公尺半徑的圓周範圍以內，她就會站起來走開，好像我有嚴重的人格缺陷似的。

後來，就逐漸地，也不知道爲什麼我的身邊有越來越多的機會出現犰狳。然而就像是一種無可抵抗的流行趨勢，幾乎所有的犰狳一看到我就輪流用一百零三種可上*PEOPLE* 雜誌封面的閃亮嫌惡表情默默地走開。留下來的則戒慎地保持距離，像是忠心的間諜衛星，而我是受監視的行星。

不能夠和犰狳成爲好朋友一直是我很遺憾的事情，因此也帶給妳很多的麻煩，實在非常對不起。

我什麼都不懂的時候請原諒我。」

像是要解釋什麼似的，我在姊姊的懷裡時一直想告訴她這些話。

姊姊溫熱的呼氣在我的頭上蔓延。

好舒服。

隨著姊姊肌膚淡淡的氣息帶我回到小森林的深處。

那麼，

姊姊晚安。

參考書目：Alice Buchan, *JOAN OF ARC AND RECOVERY OF FRANCE*（LONDON:ENGLISH UNIVERSITIES PRESS,1948）／Harold Bloom, *George Bernad Shaw's Saint Joan*（NEW YORK:CHELSEA HOUSE PUBLISHER,1987）／William Searle, *THE SAINT&THESKEPTICS—Joan of Arc in the Work of Mark Twain*、*Anatole France*、*and Bernard Shaw*（DETROIT:WAYNE

SATE UNIVERSITY PRESS,1976）／Georges Duby, Translated by Fuliet Vale, *FRANCE IN THE MIDDLE AGE 987-1460 From Hugh Capet to Joan of Arc*（OXFORD:BLACKWELL PUBLISHERS,1991）／蘇克維著，陳伯群譯，《聖女貞德傳》（台北：正仁書局，1978）

解答：1 代表自己想成爲什麼樣的人。

2 代表情人在自己的心中是什麼樣的人。

3 你是喜新厭舊或是舊情綿綿的人。

4 隨門開的程度看你的心胸是否寬大。

5 你是圓滑處事或總是剛正不阿。

6 選木頭代表質樸，選玻璃代表虛榮。

7 代表你交友的態度，是多彩多姿還是從一而終。

8 如何處理碎片就是如何處理破碎的友誼。

9 湖的大小象徵野心的大小。

10 想不想要小孩。

11 想要幾個。

12 你最愛的人是誰。

〈跋〉偏好狂

我向來不是很會說故事的人。如果有人堅持小說裡頭非得要藏著個動人故事的話，到目前爲止，這對我來說仍然是件很頭痛的事情。我很佩服那些有耐心爲讀者準備各類故事寓言的人，這或許是我往後該靜下心來好好學習的事情。

與喜愛說故事的小說家相反，收錄在這本小說集裡的作品，幾乎是我認爲一篇好小說該如何寫作的最原初想法，以及具體的呈現：我喜歡先決定要採取什麼樣的小說技巧和營造何種氣氛，然後再尋找一個適合這種技巧與氣氛的故事內容。

我喜歡在小說裡反覆練習文字組合、句子長短效果、分鏡轉場方式、段落節奏和閱讀時間感等等純然的寫作技術如何運用。至於故事內容，只是一種可隨之變形或塡充的材料，因此，我也不太避諱相同的角色情節出現在不同的小說裡。與其花時間寫出一則「太陽底下沒有新鮮事」的故事，不如下工夫調整出一篇小說最完美存在的字數長度，更來得有純粹的藝術價值。

以上所說的，當然不是什麼了不得的新想法，只是我個人的小說偏好而已。熟識的朋友都知道我寫小說的座右銘是：「技術、技術、技術」，這本收錄作品橫跨了十來年的小說集，完全就是這種該死偏好的大集合，也算是一次自我期許的徹底實現。不過最重要的是，在這樣只顧自個兒偏好，其他人怎麼說都聽不入耳的寫作過程裡，我覺得眞是太快樂了，就跟沉迷在任何一種自顧自的偏好一樣快樂。

最後，謝謝記憶力驚人，居然還記得十幾年前一椿小小文學獎往事的初安民先生與江一鯉小姐願意出版這本集子，也謝謝淑清編輯。

INK PUBLISHING 文學叢書 078

稍縱即逝的印象

作　　者　王聰威
總 編 輯　初安民
責任編輯　施淑清
美術編輯　許秋山
校　　對　施淑清　王聰威

發 行 人　張書銘
出　　版　INK印刻出版有限公司
台北縣中和市中正路800號13樓之3
電話：02-22281626
傳真：02-22281598
e-mail:ink.book@msa.hinet.net
法律顧問　漢全國際法律事務所
林春金律師

總 經 銷　成陽出版股份有限公司
訂購電話：03-3589000
訂購傳真：03-3581688
http://www.sudu.cc
郵政劃撥　19000691 成陽出版股份有限公司
印　　刷　海王印刷事業股份有限公司

出版日期　2005 年 1 月 初版
ISBN 986-7420-45-4
定價　240元

國家圖書館出版品預行編目資料

稍縱即逝的印象／王聰威 著.－－初版，
－－臺北縣中和市：INK印刻，
2005〔民94〕面；　公分（文學叢書；78）

ISBN 986-7420-45-4（平裝）

857.63　　93022856

INK